悪役令嬢に転生したはずが、主人公よりも溺愛されてるみたいです

Akuyakureeijyo ni tensei shitahazuga shujinkou yorimo dekiai sareteru mitaidesu

presented by Nana

菜々

Illust 茶乃ひなの

1

Contents

プロローグ

prologue

「はぁーー……。また処刑エンドか……」

私は読んでいた本を閉じて、大きなため息をついた。

まだ物語は中盤だが、主人公に嫌がらせをしていた悪役令嬢が処刑されてしまったところで手が止まった。

「最近、悪役令嬢の処刑エンド多くない？」

アラサー女子の独り言。仕事終わり、部屋で小説を読むのが日課だが、ついつい独り言を言ってしまう。

最近お気に入りの異世界小説は、どれも中盤で悪役令嬢が処刑されてしまう流れがとても多い。

私が今読んでいる『毒花の住む家』も同様で、十七歳の悪役令嬢が処刑されてしまった。

「まぁこれは仕方ないか？　いくらブラコンとはいえ、兄の奥さんをいじめ倒してさらには殺そうとしたんだもんなぁ〜。そりゃ兄もキレるわ」

兄が好きなら、もっとうまくやればいいのに……。溺愛してる奥さんに嫌がらせなんてしてたら、嫌われるに決まってるじゃない。

どうして小説の中の悪役令嬢ってこんな行動をしちゃうんだろう？

私は気を取り直して、小説の続きを読むことにした。

全て読み終わり、主人公とヒーローのハッピーエンドに満足したにもかかわらず、なぜか眠る前には処刑エンドを迎えた悪役令嬢のことを考えていた。

大好きだった兄を取られて、さらにはその兄から処刑を命じられてしまった時……どんな気持ちだったんだろう。自業自得とはいえ、きっとすごく辛かっただろうなぁ……。

ふと、その令嬢の名前が気になった。

あの悪役令嬢、なんていう名前だったっけ？　たしか……リディア……だったような……。

ベッドに横になっていたのもあり、急激な眠気に襲われた私はそのまま意識を失った。

一章
悪役令嬢に転生しちゃったみたいです

episode.01

「んーー……」

柔らかいベッドの上で目が覚めた。いつもより肌触りの良い毛布が心地良くて、なかなか起き上がれない。

あれ……？　私……いつの間に寝ちゃってたんだろう……。

部屋にはカーテンがしてあるが、外が明るくなっているのはわかる。

もう朝かぁ……。でもまだ起きたくない……。今日の布団、なんでこんなに気持ちいいんだろう……。

また目を閉じそうになって、はっとする。

「やば!!　今何時!?」

ガバッと勢いよく起き上がった。

今日はまだ平日だった!!　仕事行かなきゃ!!　こんなに明るいってことは、遅刻かも!!

「なんでお母さん起こしてくれなかったのよ……」

慌てて時計の置いてある場所を見る。

ん!?

そこには、見覚えのない高級そうな金の家具が置いてあった。

な、何これ……。お母さんが買ってきたの？

そう思いながら部屋を見回して、やっと異常に気づく。

「……え？　こ、ここ……どこ？」

その部屋は実家の一階全部を合わせたよりも広かった。どこかのホテルのスイートルームだろうか……それにしては趣味の悪い部屋だと思った。

真っ赤なバラ柄の派手な壁紙に、金や黒の高級そうな家具がたくさん並んでいる。学校の黒板より大きい絵は肖像画だろうか。性格の悪そうな女の子の顔が描いてある。

今自分が寝ているベッドも、キングサイズくらい大きかった。お姫様の部屋とかでよく見る、天蓋ベッドというやつではないだろうか。ベッドにも薄いカーテンのような物がついている。

「な、何この部屋。趣味悪……。まるで異世界漫画に出てくる悪役令嬢の部屋って感じ……」

そこまで言ってハッとする。こんな場面を、何度も読んだことがある。大好きな異世界転生漫画で……。

え？　え？　違うよね？　まさか……そんなはずない。だってあれは、ラノベや漫画の世界の話だよ。現実に起こるはずない……。

その時、部屋の片隅に大きな鏡があることに気づいた。急いでベッドから降りて、鏡に駆け寄る。

「ウソ……でしょ……」

鏡に映っていたのは、間違いなく昨日までの私じゃない。黒髪で地味な私じゃない。そこにいたのは、ど派手なメイクでいかにも意地の悪そうな目つきをした女の子だった。

性格は悪そうだが、美人には違いない。金髪の縦ロールがさらに意地悪な顔を引き立てている。そんな派手な見た目に、赤と黒のゴテゴテのドレスのようなワンピースがよく似合っていた。似合ってはいるけど……この姿はどう見ても、主人公ではなく悪役令嬢って感じだ。

「はぁ……」

なぜ急にこんなことになってしまったのか。元の私はどうなったのか。

泣き喚きたい衝動に駆られるが、それ以上に私には気になることがあった。

「一体誰なんだろう……」

悪役令嬢のラストといえば、ろくでもないものばかりだ。婚約者から破談されたり、家から勘当されるなんてかわいいもの。平民にされたり、国外追放されたり、中には処刑されるラストだってある。

今、自分は誰に転生してしまったのか。もし知らない人であれば、自分の悲惨な未来を回避できないかもしれない。

お願い……。誰か知ってる人でありますように……。そしてできれば、そんなに悲惨なラストを迎えない人がいい!!

その時、コンコンコンと部屋がノックされた。

「お嬢様。メイでございます」

メイ？　お嬢様？　……私のメイドかな？

「入って」

返事をすると、二五歳くらいの若いメイドが入ってきた。

茶色の髪の毛をキレイに一纏にしていて、しっかり者であることが一目でわかるほどに賢そうな顔をしている。

メイと名乗ったそのメイドは、部屋の片隅で立ち尽くしている私を見て一瞬驚いたような顔をしたが、すぐに真顔に戻った。

「起きていらしたのですね。もう体調はよろしいのでしょうか？」

体調？　……私、体調が悪かったの？　そういえば、寝間着ではなくこのドレスのようなワンピースで寝ていたわね。じゃあ今は朝ではなく昼間なのかしら？　でも、そんなことよりも……。

私はメイの質問には答えず、質問を返した。

「ねぇ……。私の名前を言ってみて？」

「……？　リディア・コーディアス様でございますが」

メイは不思議そうな顔をしながらも答えてくれた。部屋に入り、先ほどまで私が寝ていたベッドをキレイに整えてくれている。

リディア……？　リディア・コーディアス？

その名前を聞いた途端、昨夜読んだ小説が思い出される。誰からも愛されずに、最期は処刑された悪役令嬢……。

そうだ。あの女の名前がリディアだった。まさかここは、あの小説の世界⁉

ちょっと待ってちょっと待って‼　もし私が『毒花の住む家』に出てくる義妹、リディアに転生したのだとしたら詰んだ‼　最悪の処刑エンドじゃない‼

でもまだ……同じ名前なだけかもしれない……。確認してみなきゃ‼

「あの。私には二人……お兄様がいるわよね？」

お願い‼　違うと言って‼　そんな希望を胸にメイに聞いてみたが、

「はい。いらっしゃいますが」

あっさりとぶった斬られてしまった。

くそぅ！　まだまだ!!　偶然かもしれないもの!!

「な、名前は……エリックとカイザ……？」

「そうですが……」

合ってるし！！！　ここまでの偶然が重なることはない。もう……認めるしかないのね……。

はぁ……最悪。でも、もう一つ大事なことを聞いておかないと。

「私は今何歳かしら？」

「一五歳ですが……。お嬢様、どうかなさったのですか？」

心配そうに私を見つめるメイ。毛布を持ったまま作業が止まってしまっている。

頭がおかしくなったとでも思われてるかな。なんとか修正したいところだが、あいにく今の私には
そんな余裕なんかない。

ここは間違いなく、あの小説の中なんだ。

「メイ……。ごめんなさい。ちょっと一人になりたいの。呼ぶまでは誰も部屋に入らないようにしてくれる？」

そう声をかけると、メイは目を見開いて驚いていた。

「お、お嬢様が謝った……」

そう小声で囁いた後、慌てて口をつぐんだ。ペコッと大きくお辞儀をしたかと思うと、「かしこま

りました」と言ってすぐに部屋から出て行った。

……『私』がごめんという言葉を口にするのが、そんなにめずらしいの？　一体どれだけワガママな女なのかしら。私は。

まぁ知ってはいるけど。リディアがどれだけ最悪で最低な令嬢なのか。

ため息をつきながら、部屋を漁って紙とペンを探し出した。丸くて小さなテーブルにそれを広げる。

さて!!　今私が覚えている小説の内容を、全部書き出しておかなきゃ!!　知ってる小説で良かったと思おう！　私の破滅フラグを全て回避できるんだから。

処刑エンドなんて絶対になるもんか!!

たしか物語の始まりは、主人公が長男であるエリックに嫁いできたところから……。

その頃妹のリディアは一七歳だったはずだから、今からあと二年後ね!!　うん!!　二年もあれば、色々と準備ができるわ。

この話は、私が主人公を虐めなければ問題はなさそうに思える。だけどもしストーリー通りにするための『抑止力』があるとしたら、絶対に安心とは言えない。

確実に私が死なないようにするためには、主人公がこの家に来る前に家出をしちゃえばいいのよ!!

平民として生きていかなきゃいけないけど、元々貴族でも金持ちでもなかった私には、そっちの方が自然だわ。料理も掃除も……一通りの家事はできるし、仕事さえ見つかればなんとかなる!!

二年後……主人公が現れる前に、絶対家出してみせるわ!!　そしてそれまでは大人しくして、できるだけ他のメインキャラ達から嫌われないようにしないと。少しでも処刑エンドの可能性を低くする必要があるわ。

目標が定まった途端、お腹がぐぅ～と鳴った。そういえば、目が覚めてからまだ何も食べてない。

気づけば明るかった空が薄暗くなってきていた。

メイを呼んで食事の用意を……と思ったのと同時に、部屋がノックされた。

「お嬢様。お食事はどうなさいますか」

このメイドはなんて優秀なのかしら。まさか部屋のすぐ側で、私のお腹の音を聞いたわけじゃないわよね……？

「お願いするわ」

部屋に入ってきたメイは、すでに食事を乗せたカートを運んできていた。美味しそうないい匂いが部屋に充満する。

またお腹が鳴ってしまいそう……。

すると、メイの後ろから一緒に部屋に入ってきた人物に目がいった。

焦げ茶色の短い髪に、端正な顔立ち。騎士のような格好をした一六、一七歳くらいの男の子。

どこか元気がないような暗い顔をしている。まるでこの場にいるのが苦痛といったような顔だ。

仮にも侯爵令嬢の部屋に入ってきてその顔をしているのは失礼ではないのだろうか。

でも、この少年は……もしかして……。

「イ、イクス……？」

イクスと呼ばれた少年は暗い瞳をこちらに向けた。深い緑の瞳と目が合い、すぐに逸らされた。

ドクンドクン。心臓が早鐘を打つ。

リディアの護衛騎士イクス。この小説のメインキャラの一人。主人公に叶わぬ恋をして、リディアを裏切った。

リディアを捕まえて、実際に処刑したこの男が……今、目の前にいる。

突然のイクスの登場に、固まってしまう私。

イクスは私と目を合わせない。俯いたまま近づいてきたと思ったら、何も言わずに私の前に座った。

え⁉　なんで座るの⁉　私これからご飯食べるのに……。護衛騎士って、後ろに立ってるものなんじゃないの⁉

メイはその様子を見ても何も驚きもしないまま、食事の準備を進めている。テーブルに並べられていく料理は、どう見ても一人では食べ切れない量だ。

「本日からしばらく謹慎となりましたので、お食事もお部屋でご用意させていただきます」

メイはスープを私の前とイクスの前に置きながら言った。

え？　謹慎？　そういえば、リディアが何か悪さをするたびによく謹慎させられてたっけ。今度は何をしたのよ……って、それどころじゃない‼

「あ、あの……それは構わないのだけど……。なぜイクスが一緒に座っているのかしら？」

私の質問に、イクスはジロッと私を睨んだ。

うっ。な、何よ‼　護衛騎士のくせに、態度悪くない⁉

思わずイクスを睨み返してしまう。

メイは不思議そうな顔で答えてくれた。

「お食事の時にはイクスも一緒に食べるようにと、お嬢様が前から決めていることではありませんか」

え⁉　何よそれ？　……あっ‼　そういえば、そんな話があったかもしれない。

イクスが若くしてリディアの護衛騎士に選ばれたのは、リディアが顔で選んだから。

イクスのことがお気に入りだったリディアは、食事を必ず一緒にさせたり……無駄にお姫様抱っこさせたり……命令してハグさせたり……さらには添い寝までさせてたんだった‼

逆セクハラのようなものだわ‼　だからイクスはこんな目で私のことを見てるのね。まるでセクハラ上司を軽蔑の眼差しで見ているような、憎々しい目で。

自分がさせたわけでもないのに、恥ずかしい‼　私はセクハラなんかしませんよ‼

「そ、そうだったわね。でももういいわ。これからは一人で食べます」

そう言うと、イクスとメイは目を見開くほど驚いていた。二人は目配せをして、イクスは私の様子を窺いながら席を立った。

何よ⁉　ウソじゃないわよ‼

疑わしい目を向けながら、イクスは私の後ろ……通常の護衛騎士が立つべきであろう場所に立った。

うう――ーん。後ろに立たれるのも気になっちゃうんだけど。でも、護衛騎士なんだから仕方ないよね。それくらいは我慢しなきゃ……。

なんだか一瞬で食欲がなくなったわ……と思いながら、スープを口に運ぶ。あまりの美味しさに

「うわっ！　おいしっ！」と叫んでしまった。

あっ……ヤバイ。リディアはこんな反応しないわ。これでも一応侯爵令嬢なんだから。

近くに立つメイとイクスからの視線に気づかないフリをして、そのまま食べ続けた。

それにしても美味しすぎる!!　スープもお肉もデザートも!!　さすが侯爵家の食事はすごいわね。

気づくと外が真っ暗になっていた。

そういえば、どうして私は昼間だっていうのにベッドで寝てたのかな？　お昼寝？　でも体調を心配されてたような……。

「ねぇ。メイ。私、どうしてさっきまで寝てたの？」

食後の紅茶を淹れていたメイが、少し動揺した。

「そ、それは……エリック様から謹慎を命じられて、花街でのお祭りに参加できなくなったので……その……お嬢様が少し暴れてしまって、その際に頭をぶつけ……」

覚えてないの？　という顔でメイが説明してくれてるのを、慌てて止める。

「わかったわ!!　もういい!!」

なんなのよその理由……。恥ずかしすぎるでしょ。

改めてその話をしたことで、また私が暴れるのではないかという心配もしているようだ。メイとイクスがそわそわしている。

もう暴れたりしないから安心してよ。なんて言っても、信じないんでしょうね。

「食事はもういいわ。お風呂に入ってもう寝ます！」

はぁ……。早く一人になりたい。食事の間だけでも、すぐ近くで自分を見守ってる人がいるなんて疲れちゃう。

メイはすぐにお風呂の準備に向かった。すぐに出て行くかと思ったイクスは、まだ私の後ろに立っている。

なんで出て行かないの？　お風呂入るって言ってるじゃない。

「イクス……。もう出て行っていいのよ」

そう言うと、イクスは私に近づいて来た。

えっ!?　なになになに!?　なんで近づいて…って、近くで見ると本当に整った顔してるわね!!　こんなイケメン、なかなかお目にかかれないわ。アイドルでもやっていけそう……。

あまりに綺麗な顔に、つい見惚れてしまう。イクスは相変わらず暗い表情のままだ。でも真っ直ぐに私を見つめたまま口を開いた。

「抱きしめなくてよろしいのですか？」

「はぁ!?　だ、抱きしめ……!?」

予想外の言葉に、思わず声が裏返ってしまった。

はっ!!　そういえば、リディアは毎晩イクスに抱きしめてもらってたんだわ!!　この逆セクハラ女め!!

想像するだけで顔が赤くなってしまう。イクスは無表情のまま私を見つめて腕を広げた。

きゃあ！！！　だ、抱きしめる準備してる!?　早く断らなきゃ……。

でも、こんなイケメンに抱きしめてもらえるなんて、なかなか経験できることじゃないし……どうせならしてもらっちゃう!? 正直、イクスの顔はめちゃくちゃタイプなのよね!! って……いやいや!! そんなことをしたら私もリディアと同レベルじゃない!! 私なんて精神年齢二八歳なんだから、一〇も年下のイクスにそんなことしたら犯罪よ!?

でも、騎士の格好をした男性に抱きしめてもらうことなんて、もうないかも。その逞しい腕でぎゅーっと抱きしめてほしい!!

いや。でも……!!

天使と悪魔の私が囁き合っている。理性と煩悩の熾烈な争いだわ!!

「リディアお嬢様……?」

すぐに返事をしない私を、不審そうな顔で見つめてくるイクス。

暗い表情をしているのは、きっとイクスはこんなことを望んでいないからだろう。一気に冷静になった。

だめだめ……!! こんなの、気持ちがなければ虚しいだけじゃない。

「もうこれからは、抱きしめなくて大丈夫よ」

そう伝えると、イクスは驚いたようなほっとしたような顔をして、軽くお辞儀をしてから出て行った。

はぁ……。なんとか犯罪者にならなくて済んだわ。

「お嬢様。準備ができました」

メイに案内されて浴室へ向かう。この世界で初めてのお風呂。メイが身体も髪の毛も全て洗ってくれた。

恥ずかしいけど、異世界漫画を読んでいた時から少し憧れでもあったのよね。メイドさんに全身洗ってもらうの。なんて楽なの……。

お風呂から上がり、幸せ気分で鏡の前に立った私は目を見開いた。

「だ、誰これ！？！？」

鏡に映っていたのは、金髪縦ロールの濃くてキツいメイクをした悪女ではなかった。

黄金でサラサラのストレートなロングヘア。白く透き通った肌に、まん丸くパッチリとした大きく愛らしい目。長いまつ毛がキラキラしている。どこから見ても天使にしか見えないほどの美少女が、そこに映っていた。

私!?　この天使は私なの!?　か……可愛いすぎるーーーー！！！　なんなのこの美少女ーーーー!!

「メイ!!　私……私はなんでいつもあんなメイクをしているの!?　素顔はこんなに可愛いのに!!」

まるで自意識過剰な女の台詞だが、本当なのだから自慢でも嫌味でもなんでもない。

「お嬢様が、エリック様に少しでも近づけるようにと大人っぽさを目指した結果でございます」

私の髪の毛をタオルで拭きながらメイが答えた。

大人っぽさの結果がなんで縦ロールになるわけ!?　リディアの美的センス、おかしいんじゃないの!?

「この素顔を知ってる人って……」

「お嬢様は七歳の頃からずっとあのお姿です。成長と共にさらにお美しくなった現在の素顔は、私しか知りません。それよりお嬢様、今日はいつもとご様子が……。頭をぶつけたことで、何か記憶が……」

あっ!! そうよね。私、今日はメイに変な質問ばっかりしてたわ。

「そうなの！ 頭をぶつけたせいで、ちょっと記憶がごちゃごちゃになってて～。ははは……」

「お医者様をお呼びしましょうか？」

「大丈夫!! 大丈夫!! それより、明日からはもうメイクも縦ロールもしなくていいわ!!」

そう伝えると、メイの顔が輝いた。

「……!! かしこまりました!!」

すごく嬉しそうにそう返事をした。

こんな可愛い顔をあんな悪女風にしなきゃいけないなんて、きっとメイも嫌だったのね。

それにしても、リディアの素顔がこんなに可愛いなんて知らなかったわ。小説にもそんなこと書いてなかった気がする。

チラッと部屋にかけられた悪女の自画像を見る。

明日になったらあれは捨ててしまおう。もういっそのこと燃やしてしまおうか。今の姿のほうが好かれるに決まってるわ。

私が少しでも生き残る可能性を高めるためにも、悪女のイメージを消していかないと。明日から私も部屋も全て変えていってやる!! そう心に決めた。

次の日の朝、目覚めたと同時に飛び起きた。目に入ったのは、昨日見たのと同じ趣味の悪い部屋。チラリと自分のキラキラの金髪が見えて、ため息が出た。

はぁ……やっぱり元に戻ったりはしてないか……。

コンコンコン
ピッタリのタイミングで部屋をノックされる。

「お嬢様、メイです」

このメイド、本当にすごくない？　監視カメラでも付いてるんじゃないかって疑ってしまうくらい有能だわ。私が起きたと同時にノックしてくるなんて、ただの偶然なの？

「入っていいわよ」

「おはようございます。お嬢様。お支度をいたします」

私より遅く寝たはずなのに、メイはもうピシッとメイド服に身を包み髪の毛も綺麗にまとめられている。そんなメイに促され、ドレッサーの前に座らせられた。

えっ？　お支度？

「メイ！　もう昨日みたいなメイクはしないわよ？」

慌ててそう言うと、メイはまるでそんなの当たり前ですと言わんばかりの顔で答えた。

「はい。少しだけお肌を整えさせていただくだけです。髪の毛も巻かずにアレンジ致します」

良かった……。ほっと安心すると共に、鏡に映る自分に改めて惚れ惚れしてしまう。

本当に美しすぎるわ……!!　この美少女が私なんて……。

肌を整え、頬に薄いピンクで色をつける。髪の毛は上半分だけ編み込み、小花で飾りつけ。サラサラの金髪がなびけば、そこにいるのは天使だ。いや。もう女神かな？

「お洋服はどうなさいますか？」

メイに案内されリディアの広すぎるドレスルームに入ると、その派手さに唖然とした。

赤!!　黒!!　金!!　派手でケバいドレスしかない。全てのドレスにはレースやらリボンやら宝石がたくさん付いていて、どれもこれも普段着るような服には見えない。今すぐパーティーにでも行けそうだ。

ちょっと……。天使にこんな服似合うわけないじゃない!!

「こんな派手な服しかないの？　もっとこう……清楚な感じの……」

メイも同じことを考えていたらしく、何か考え込んでいた。そしてはっ！　とした顔をして、ドレスルームの奥にあった箱を取り出した。大きい箱だが、開けられた形跡がなさそうに見える。

「以前、殿方からいただいた贈り物です。お嬢様は趣味じゃないからと着たことがなかったのですが……」

箱を開けると、中には薄いブルーの爽やかで可愛いらしいワンピースが入っていた。少し入った刺繍とレースが高級そうだ。

「これにするわ!!」

可愛い!!　これなら天使に似合う!!　ワンピースと一緒に靴やアクセサリーまでも入ってるじゃな

い!!　誰か知らないけど、よくやったわ!!

全てを身につけた私は、光り輝いていた。

なんっって可愛いのーー!!　何時間でも見ていられる!!

自画自賛に見られてしまうかもしれないが、あまりの美しさに鏡から目が離せない。

「お嬢様、とってもお美しいです!!」

メイも涙目になりながら私を見ている。大満足といった様子だ。

「メイ。謹慎中で部屋から出られないということは、部屋にいれば何をしてもいいのよね？　例えば……この部屋の壁紙や家具を全部取り替える……とか」

「すぐに手配致します」

どうやらメイも、この部屋に不満を持っていたらしい。すぐに部屋から飛び出していった。執事に伝えに行ってくれたようだ。

そしてできるメイドは、朝食と共に戻ってきた。後ろにはまたイクスを連れて。

「リディアお嬢様。おはようござ……」

そこまで言って顔を上げたイクスは、ピタリと動きを止めた。私を見て、口を半開きにしたままポカーンとしている。

昨日までのリディアとはまるで別人だものね。目の前に天使がいたものだから、ビックリしすぎて心臓でも止まってしまったかな？　なーんて。

「お美しいでしょう？」

なぜか誇らしげにメイが話しかけると、イクスは私から目を逸らし小さい声で答えた。

「そうですね。とてもお美しいです」

うおおおお!?　いや!!　私が美しいのはわかってるけど!!　こんなカッコいい人に美しいって言われたら、さすがに照れちゃうぞ!?

イクスは昨日と同じように、私の後ろにそっと立った。

気のせいかな……？　昨日より暗い顔はしてないように見える。私が昨日食事やハグを拒否したから少し安心したのかしら。

このままイクスへの逆セクハラを止めたら、そんなに嫌われなくなるかな？　少しでも仲良くなれれば、家出を手伝ってもらえるかもしれないわ。

無表情のイクスからは、あまり感情が読み取れない。

イクスが味方になってくれたら、かなり心強いわよね。よし!!　イクスとはできるだけ仲良くなれるようにがんばってみよう!!　まずは、私のことを嫌い……という感情を捨ててもらうところからね。

そう決心して、ご飯を食べ始めた。

朝食後、執事のアースと名乗る男が部屋にやってきた。六〇代くらいのおじいちゃんで、長い間この屋敷で執事として働いてくれているらしい。物腰の柔らかい、とても優しそうな人だった。

「お嬢様……。昔と変わらず、とてもお美しゅうございますね」

メイと同じく、なぜかこの執事までもが私の姿を見て涙目になっている。

よほど昨日までのリディアが嫌だったのでしょうね。嬉しいような複雑な気持ちになる。

「アース。この部屋の家具を全て変えたいのだけど、できるかしら？」

私が質問すると、アースはニコニコしながら答えた。

「もちろんでございます!! オーダーメイドになさいますか？ お時間が少々かかりますが……」

オーダーメイド!? それって……一体いくらかかるの!? きっとこの家具、ものすごく高いはずよね。私のワガママで全部取り替えてもらうのに、そんなにお金はかけたくない。

「新しくなくてもいいの。もっとこう……明るくて可愛らしい家具に変えたいだけなの。どこかに使っていない、そういう感じの家具はないの？」

私の節約を重んじる発言に、執事のアースもメイも後ろに立ってるイクスまでもが驚いていた。イクスは疑うような視線をぶつけてくるし、アースやメイは感激したような顔でこちらを見つめてくる。

「ご、ございます!! 今すぐに運んで参りますので、ぜひ見ていただけたらと思います」

そう言ってアースは部屋を飛び出して行った。メイは嬉しそうな顔をしながら、私にお茶を淹れてくれている。メイのお茶はとても美味しいのよね。

甘くてさっぱりとしたお茶を飲み干した時、アースがやってきた。数人のメイド達が、テーブルや椅子を持っている。

「こちらなのですが……」

アースが持ってこさせた家具は、ピンクが基調の小花柄のとっても可愛い家具だった。

可愛い!! 以前の私なら全く似合わないような家具だけど、天使のリディアにはピッタリだわ!!

今の部屋の赤や黒の家具とは比べようもない!!

「可愛い!!　このシリーズに全て取り替えてくれる？」

「かしこまりました!!」

次々と運び出される赤や黒の派手な家具。そして次々と運ばれてくる可愛いらしい家具。どんどん気持ちが晴れやかになっていくみたいだわ。

家具の置き場所を指示していくが、部屋が揃えられていくたびに……違和感が増していく。

あぁ……せっかく家具が可愛いのに、この派手な真っ赤なバラの壁紙が全てを台無しにしているわね。破り捨ててやりたいくらい。

今すぐに壁紙の業者を呼び出して取り替えさせたいところだが……今謹慎中の私は、屋敷の者以外との接触は禁止されている。謹慎が終わるまでは我慢するしかない。

そんなことを考えていると、突然部屋の入口から聞き慣れない声が聞こえた。

「一体何をしている？」

その低く暗い声に、なぜか背筋がブルッと震えるくらいの恐怖を感じた。すかさず入口に振り返ると、一人の男が立っていた。

リディアと同じ綺麗な金髪。前髪が少し長く、目を隠しているようだがチラッと見える瞳は薄いグリーンでとても綺麗だ。背が高くオーラのある佇まいは、本の中から王子様が出てきたのかと錯覚させられるほどだった。

なんて美しい青年……!!　でも、きっと彼は……。

私の手は知らないうちにブルブル震えていた。

この小説の主人公の夫にあたる人物。リディアの兄であり、リディアの処刑を命令したその張本人でもある。

「エリックお兄様……」

二章

長男エリックと護衛騎士イクス

episode.02

Akuyakureeijyo ni tensei shitahazuga shujinkou yorimo dekiai sareteru mitaidesu

この小説の準主人公であるエリック。美しい見た目とは裏腹に、冷酷で愛のない男である。

昔のエリックは優しかった。幼い頃に母を亡くし、寂しがっていたリディアの側にいつもいてくれた。毎日遊んでくれて、病気や怪我をしたら心配してくれて、とても大事にしてくれていた。

だからこそリディアはエリックが大好きだったのだ。

カッコよくて優しい自分だけの兄。エリックはリディアにとって、兄であり母であり父でもあった。

いつしか冷たくなってしまったけれど、それでもリディアはエリックのことがずっと大好きだった。

そしてそんなエリックの氷の心を溶かしたのは小説の主人公だった。

エリックは主人公にだけ昔のような優しさを見せるようになり、それを許せなかったリディアは主人公を陰湿にいじめるようになる。

どんどんリディアはエリックから嫌われていき……最終的には追放、のち処刑にまで追い込まれてしまう。


今は、エリックはまだ主人公とは結婚していない。冷酷な侯爵として、リディアとも距離を置いている最中だ。

それでもリディアは気にせずいつもエリックを追いかけていた……と、小説のどこかに書いてあったっけ。

うん。リディアって本当にすごいわ。こんな冷たい視線に晒されているだけで、私は怖くて怖くて逃げ出したいもの。頼まれたって、近づきたくなんかない。

「エリック様。リディアお嬢様のお部屋の家具を替えておりました」

執事のアースがお辞儀をしながら答えると、エリックの眉がピクリと少し動いた。無表情ではあるが、なんとなく不穏な空気が流れた気がして慌てて口を挟んだ。

「あの!!　エリックお兄様。私がお願いしたのです」

震える右手を左手で包み込む。エリックの冷たい瞳が、私のほうを見た。

「お前……リディア……?」

エリックは、私の姿を見て驚いていた。もうこの驚いた顔を見るのは今日で何人目だろう。

それにしても、まさかエリックは私がリディアだってことに気づいていなかったの?

「お騒がせして申し訳ありません。もう少しで終わりますので」

私は深くお辞儀をした。見えないけれど、周りにいる人達が動揺しているのがわかった。

リディアが謝罪するのがそんなに珍しいのかしら?

エリックはしばらく黙り、部屋を見回した。そしてアースを呼び何かを伝えると、私を見ることもないまま部屋から出て行った。

はぁぁーーーーー。エリックが近くにいるだけで、寿命が数年縮みそう!!

それにしても、アースに何を言ったのかしら?　まさか私の文句!?

アースのほうを見ると、ニコニコしながら寄ってきた。

「お嬢様。エリック様が、特別に壁紙の業者を呼んでも良いと言ってくださりました!!　早速明日お呼びしましょう!」

「えぇっ!?」

エリックが!? なんでそんな親切なことをしてくれるんだろう。

小説の内容を知っている私は、エリックが急に冷たくなったのはリディアを嫌いになったからではないことを知っている。それでも長年のリディアの自己中心的な性格や愛する主人公への過度な嫌がらせが原因で、最後には本気で嫌われてしまったのだけれど……。

もしかして今現在はまだそこまで嫌われてはいないのかしら?

心に少し希望の光が見えた気がした。

エリックからの愛を少しでも受けられるようになれば、最悪の未来を回避できる可能性は高くなるわ!! 家出をしても、咎められたりはしないかも。

とことん避けて過ごそうかと思っていたけど……私が変わったこと、害がないことを少しずつでもアピールしていこうかしら。


「はぁ～……可愛い……」

薄いピンクとアンティークなデザインの入った素敵な壁紙。それにピッタリとあった可愛いらしい家具。初めて見た部屋とは全然違う、とても女の子らしい部屋が出来上がっていた。

エリックと会った数日後にはもう部屋が完成している。それはエリックが仕事の早い業者を呼んでくれたからだ。

大大大満足!! 一度でいいから、こんな女の子らしくて可愛い部屋に暮らしてみたかったの!!

以前の私はどう見ても喪女で、こんな部屋全く似合わなかったからなぁ……。なんだか、思った以上に嬉しいみたい……。

「とても素敵なお部屋ですね。お嬢様」

とても嬉しそうにメイが声をかけてくれる。私はきっと今までで一番幸せそうな顔をしていたに違いない。

メイド達や執事、手伝ってくれたみんなに向けて私は精一杯の笑顔と感謝の気持ちを伝えた。

「みんな。本当にありがとう」

お礼を言いたくてクルッと急に振り向いたものだから、ついバランスを崩して倒れそうになってしまった。

「あっ」と思った時には、イクスの腕に包まれていた。

「大丈夫ですか」

イクスはもう暗い瞳で私を見ることはない。まだ気を許しているようにも見えないけど、前ほど警戒していないのはよくわかる。

「あ、ありが……」

はっ！　と気づくと、整ったイクスの顔が目の前にあった。

きゃあーーーー！！！

真っ赤な顔で慌てて離れると、イクスは目を丸くして横に顔を背けた。なんだか笑いをこらえているように見える。

……仕方ないじゃない。今まで彼氏なんていたことないんだから!!　散々逆セクハラをしてきたリディアと私は違うんだからね!!

「お嬢様。謹慎は昨日で終わっております。本日はどこかお出かけなさいますか？」

クスクス笑いながらメイが尋ねてきた。

そうか!!　謹慎終わったんだ!!　謹慎が終わったら、すぐに行きたい所があったのよ。

「あの……街へ買い物に行きたいの!!　服を……」

そう。この派手でケバいリディアのドレスではなく、もっと美しい本物のリディアに似合うような服が欲しかった。

今家にある可愛い服は三着しかなく、コーディアス侯爵家の娘がその三着を着回すことは許されなかった。一度着たら数日は着させてもらえない。

今日は仕方なく、持っているドレスの中でもあまり派手には見えない物を選んで着ている。それでも数えきれないほどのリボンと、何重にもなったレースが付いていた。

「街へのお買い物……。エリック様の許可が……」

ぶつぶつとメイとアースが相談している。しばらくしてアースだけが部屋から出て行った。

ちょっと……。私は街へ行くにもエリックの許可をもらわないといけないの!?　めんどくさすぎ!!

ため息をつきながら待っていると、なんとアースと一緒にエリックまでやって来た。

「お、お兄様……」

慌ててペコリとお辞儀をすると、エリックは私をジロジロと見てきた。ドレスに目をやると、険しそうな顔をしている。

「好きなだけ買ってくるといい」

「……へぇ!?」

予想外のエリックの言葉に、思わず変な声が出てしまった。後ろでイクスが肩を震わせているのがわかる。

……イクスって意外とよく笑うのね。ってそうじゃなくて!!

「なぜ……。よろしいのですか?」

率直に聞いてみると、エリックはまたもや私のドレスに目をやり、

「それは似合ってないからな」

とだけ言って部屋から出て行った。

もう……。優しいのかなんなのか……。小説の中では、エリックがリディアに何かを買ってあげることなんてなかったわ。リディアが勝手に買いまくっていたけどね。

やっぱり小説の時よりも、まだ少し優しさがあるみたい。

こうして私は初めて街に出かけることになった。メイとイクスと一緒に。

◆イクス視点

俺はリディアという女が大嫌いだ。

濃い化粧にキツイ顔つき、派手なドレスに派手な髪型。性格の悪さが全て外見に出ている。

兄であるエリック様を慕い、婚約者のいる身でありながらいつも俺の腕を掴んでは胸に押しつけ、上目遣いで見つめてくる。

吐き気がする。最悪だ。

念願の騎士となり、これから強くなるために憧れの騎士団長から指導してもらえるところだった。

この女に気に入られ、突然専属の騎士にされてしまうとは。

毎日毎日同じテーブルでの食事を命令され、眠る前には抱擁を強要された。添い寝をさせられたことだってある。俺の服を脱がせようとしてきたから、慌てて部屋から逃げ出した。

鳥肌がたつ。気持ちが悪い。

けれどここを辞めたら、きっともうどこにも雇ってもらえないだろう。この女がそれを許すはずがない。

日々の地獄に耐えていた時、この女が頭を強く打ち気絶をした。大きな癇癪を起こした後だったので、誰もが心配よりもホッとしていた。

このまま目覚めなければいいのに……。

そんな願いも虚しく、数時間で女は目を覚ましたらしい。メイドに促され、今日も悪魔の晩餐へと向かう。

女と目を合わせないまま椅子に腰かけると、女が驚いていた。そして一緒に食事をしなくていいと言う。

どういうことだ？　今度は何を企んでいる？

だがこれは俺にとっては願ってもないことだったので、すぐに席を立ち女の後ろに移動する。女は俺を見ようともしない。風呂に入り休むと言っているのに、俺を求めてはこない。

なんだ？　これは俺から行けということなのか？

このまま部屋を出てこの女の機嫌を損ねたら、どんな要求をされるかわからない。俺は自分から近づき、聞いてみた。

「抱きしめなくてよろしいのですか？」

「はぁ!?　だ、抱きしめ!?」

女は一瞬で顔を真っ赤にして、慌てて一歩ずつ後ろに下がっていく。

なんだ、この反応は？　今まで見たことのない女の態度が気になる。

女はしばらく考えこんでいたようだが、

「もうこれからは抱きしめなくて大丈夫よ！」

と言ってきた。

一体どうしたんだ!?　頭を強く打って、おかしくなったのか!?　いや……正確には普通の人間になったのか？

それなら……と部屋から出ようとする。呼び止められると思っていたが、結局女からは何も言われないまま部屋から出ることができた。気分がスッキリするはずなのに、何かが気になって少しモヤモヤしている。

どうした、俺……。ずっと願っていたことじゃないか。早く俺に飽きてくれないか、と毎日毎日願っていた。喜ぶところだろう!?

よくわからない感情を抱えながら夜を過ごした。


次の日、昨夜同様食事を断ってくれるのか……そう考えながら女の部屋へ向かった。メイはなぜかいつもより上機嫌で、たまに俺のほうを見てはうっすらニヤニヤしている。

……なんだ？

その疑問は女の部屋に入ってすぐにわかった。そこにいたのは、昨日までの俺が知っている女ではなかった。

サラサラの金色の髪の毛に、真っ白な透き通るような肌。パッチリと開いた大きな薄いブルーの瞳には、長い金色のまつ毛がキラキラしている。今まで着ているのを見たことがないような爽やかな色のワンピース姿は、まるで本物の天使のようだった。

だ、誰だ!?　まさか……あの女なのか!?

全然違うじゃねーか!!　化粧してないほうが可愛いっておかしいだろ!!

「お美しいでしょう？」

ニヤニヤ顔のメイの質問に、

「そうですね。とてもお美しいです」

と正直に答えてしまった。

女……いや。リディアお嬢様の顔がみるみる赤くなっていく。

なんだよこれ……。可愛いすぎるだろ……。

◆

エリックの許しをもらえたので、早速メイとイクスと街へやってきました!!

異世界漫画でよく見る、ヨーロッパ風の街並み。

異世界漫画でよく見る、馬車に乗って。

異世界漫画でよく見る、お出かけ用ドレスに着替えて。

まぁ私の場合、そのお出かけ用ドレスが真っ赤で派手派手で、すでに周りからの視線が痛いんですけどね!!

メイの案内で連れて行かれたお店で、今の自分好みの服やドレスを注文する。私はカタログを見ていただけで、細かいことはほとんどメイがやってくれた。

私、以前は喪女だもの。これは嫌!! っていうのはあるけど、どんなのがいいか聞かれても答えられないわ。メイに任せれば大丈夫でしょう。

ふらふら……と店内を歩く。ふと、窓際に置いてあったドレスに目がいった。

薄いピンクのドレス。シフォン生地でふわふわひらひらしている。細やかなレースが女の子らしさをさらにアップしていて、とにかくとても可愛い!!! あぁ語彙力がない自分!!

私が無言でドレスを見つめていると、イクスが言った。

「着てみてはいかがですか？」

「えっ……い、今？」

試着……というと、以前の私にはあまり良い思い出はない。

ひきつり笑いをした店員さんに、気を使われて「お似合いです」って言われるか、「どうですか？」って自分なりの感想聞かれて困った思い出しかない。

このドレスを試着してもし似合わなかったら、みんなに気を使わせてしまうかも……ってそんなわけないじゃない!! こんな美少女のリディアだもの！ 似合うに決まってる！

それに、できることなら今着ているこの派手なドレスは脱ぎ捨てて、これに着替えたいのが本音。

私は店長に伝えて、着せてもらうことにした。浮き足立った店長は、靴や帽子まで合う物を用意してきてくれた。

仕事が早い……!! プロね!!

ドレスは想像以上にリディアに似合っている。このまま一人で街に出たら、数秒で誘拐されてしまうんじゃないかしら？ そんな心配をしてしまうほどに美しい。

「イクス……どうかな？」

隣でまたもやポカンとした顔をしていたイクスに聞いてみる。イクスはすぐにハッとして、自分の口を手で押さえたかと思うと小さな声で
「似合ってると思います」

と答えた。心なしか顔が赤い気がするけど……気のせい？

ガチャッ

その時お店のドアが開き、店内にお客が入ってきた。男性二人だ。

一人は高級そうなスーツを着ているから、良いところの貴族だろう。まだ二〇代前半くらいだろうか。

貴族の男は店内に入るなり、店員の声かけは無視して一直線に私のもとへやってきた。

な、何!?

慌てて身構えると、私の目の前にイクスが立った。

「失礼ですが、何か御用でしょうか」

少し声のトーンが低くなっているみたい。

私をずっと見つめていた貴族の男は、イクスをチラッと見た後にまた私に視線を戻した。まるで舐め回すかのようなねっとりとした視線に、思わず鳥肌がたつ。

ううっ!!　気持ち悪い!!

思わずイクスの服の裾を掴んでいた。イクスが一瞬ピクリとしたが、またすぐ男に向き直る。

「あぁ。驚かせてすまない。外から彼女が見えたものだから。あまりにも美しくて、つい吸い寄せられてしまったんだよ。お嬢さん、お名前は？」

貴族の男は、イクスを無視して私に紳士の礼をした。

うわーーー!!!　出た!!　キザな男!!　本当にこんなセリフ言う男なんているのね!!

苦虫でも噛んだかのような顔をしてしまいそうになったが、なんとか踏みとどまった。

名前なんて教えたくないわ!!　でも、こんな時どうすればいいのかしら。男に言い寄られたことなんてないから、全然わからない!!

返答に困っていると、イクスが助けてくれた。

「申し訳ございません。お嬢様にはすでに婚約者様がいらっしゃいますので、お答えすることはできません」

貴族の男の顔が一瞬で曇った。心なしか、イクスの顔も少し曇っているように見える。

そうか!!　婚約者がいると言えば良かったのね!!　そういえばモテる女子達が、ナンパされたら彼氏がいるフリをするって話していたのを聞いたことがある。

私の場合はフリじゃなくて本当だけど。まぁ名ばかりの婚約者ですけどね。

男は未練がましく私を見つめていたが、イクスからの圧にやられてしぶしぶ帰っていった。

どうやらこの世界では、婚約者のいる相手に手を出すのは許されないことのようね。もっとしつこく言われるのではと心配したけど、大丈夫みたいで安心した。

「エリック様に報告しなくては……」

男が店から出て行くのをずっと見ていたイクスが、何か小声で言っていたがよく聞こえなかった。

その数日後、私はこの前の街でのナンパを思い出していた。

うーーーーーーん。お店の外からチラッと見られただけで、貴族男性から声をかけられてしまった。

無理もない。だってリディアってば本当に可愛いもの。でも、それってちょっとどうなの？　私はそのうち家出をしてこの小説の悪役から離れようと思っているけど、その後ちゃんと生きていけるのかしら？　私を狙って、どこぞの貴族たちが誘拐でも企んでしまうのでは？

はぁ……。可愛いすぎるっていうのも大変ね。

ここはやっぱり修道院に入るのが無難かな。結婚に憧れはあるけど、昨日みたいな貴族のもとに嫁がせられたらたまったもんじゃない!!

昨日街へ出た時にチラッと修道院を見た。馬車の中で、メイが教えてくれた。

もっと近くで見てみたいし、シスターとも会っておきたいわ。

「ねぇ、イクス。私また街に行きたいんだけど」

私の横に無言で立っていたイクスに声をかけた。メイは食事の用意をしていて席を外している。

「……なりません。エリック様から、もう外出は禁止だと御達しが出ております」

「えっ!?　ど、どうして!?」

「……外は色々と危険だからです」

何よそれ？　だから、そのための護衛騎士なんじゃないの？　前回のお出かけだって、特に危ない目になんかあっていないのに……。

納得いかない顔をしている私をじーーっと見て、はぁ……とため息をつくイクス。

なんなのよ!?

「……私、エリックお兄様に会ってくるわ！」

部屋を出て執務室へ向かう。イクスが後ろから付いてきている。

兄のエリックとは、実は数回一緒に食事をしたりしていた。呼び出すわりには笑顔も会話もほぼないんだけどね。でも嫌われてはいない気がする。

「エリックお兄様。ちょっとよろしいかしら」

ノックと同時にドアを開ける。顔をひょこっと覗かせて、入ってもいいかのお伺いを立てた。

「……なんだ？」

怒っている様子はないが、無表情すぎて感情が全くわからない。でも動かしていたペンを止めてこちらを見てくれた。

入ってもいいということだよね？

「突然申し訳ありません。私の外出が禁止されたと聞いたのですが、なぜでしょうか？　私はまた街に行きたいのです。お願いします、エリックお兄様!!」

エリックの近くまで歩いていき、しっかり目を見て訴える。撤回してくれるように、お祈りのポーズをしながらウルウルした瞳で見つめてみた。

どうだ!!　可愛い妹のお願い、聞いてよ!!

しかしエリックは相変わらず無表情のままだ。

リディアのキラキラ天使攻撃が効かない!?　むしろ、少し冷めた目になってないか？　なんで？

イクス同様、エリックは小さくため息をついた後言った。

「……変な男に声をかけられたらしいな」

ん？？？　なんの話？？

突然の問いかけに、頭の中が？？　でいっぱいだ。もしかして……この前のナンパのこと？

「そうですが……。でもイクスが追い払ってくれました」

「今回は相手も貴族だったから、それで済んだ。もし相手がそういった礼儀も知らないような輩なら、何か起きていたかもしれない」

エリックは、そこに殺したい相手でもいるの？　と聞きたくなるような鋭い視線を、誰もいない壁に向けていた。

無表情が崩れたと思ったらこの顔!!　怖いから!!

思わず一歩後退りしてしまう。

でもここで負けたら本当に外に出られなくなるわ!!

「イクスが守ってくれるから大丈夫です！」

必死にお願いしたが、エリックは外出許可を出してはくれなかった。イクスも、さも当然というような顔をしている。

もう!!　なんなのよ!!

どうして一度ナンパをされただけで、外出禁止になんてなっちゃうわけ!?

◆エリック視点

妹のリディアとは幼い頃は仲が良かった。リディアは天使のように可愛く、一緒にいるだけで癒されていた。

ある年になると、コーディアス侯爵家の跡取りとしての厳しい躾が始まった。

現在父親は侯爵としての仕事を全て俺に放棄し、領地で遊び暮らしている。

早く俺に仕事を覚えさせるため、朝から晩まで勉強漬けの毎日だった。他の貴族から舐められないためのポーカーフェイスや礼儀もしっかりと叩き込まれ、気づいた時にはほぼ笑うこともなく能面のような顔になっていた。

自分とは違い、自由に過ごしている弟や妹に対しても不満が募っていく。

その頃からリディアは濃い化粧を始め、だんだんと昔のような可愛さもなくなり性格も酷くなっていった。そんな妹にも、自由奔放な弟にも、興味はなくなっていた。

いつものように謹慎をしているリディアの周りで違和感があった。叫ぶような怒鳴り声も聞こえないし、何か暴れているような音もしない。

めずらしく反省でもしているのだろうか。

たまたまリディアの部屋の前を歩いていると、メイドたちが家具を運んでいるのが目に入った。

何をしているんだ？　また何か面倒なことでもしているんじゃないだろうな？

リディアの部屋の入口に立ち、声をかけた。

「一体何をしている？」

すぐに執事のアースがやって来て、部屋の模様替えをしているのだと言ってきた。どうやら派手で趣味の悪い家具を取り替えているようだ。

「あの！　エリックお兄様。私がお願いしたのです」

声の聞こえるほうを見て、一瞬身体が固まった気がした。

「お前……リディア……？」

そこに立っていたのは、昔の頃と同じく可愛い妹リディアの姿だった。

いや。正確には昔とは違う。昔よりももっと美しくなっている。懐かしいような、不思議な感覚が身体中に巡ってくる。

昔可愛がっていた、俺の妹……。天使のような明るい妹リディア。その姿からすぐに目を離せない。

だがふと気づくと、後ろの派手なバラ柄の壁紙が目に入ってきた。

美しいリディアとは合わない。なんだこの部屋は。

俺はアースに壁紙をすぐに替えるよう伝えてから部屋を出た。


それから何度か共に食事をするようになった。会話はほぼなかったが、リディアと一緒にいるだけで心が安まるような不思議な気持ちにさせられた。

あんなに嫌悪を感じていたはずなのに……。

幼い頃のリディアがチラついては、とても嫌悪なんて感情は出てこない。

そんな時だった。服を買いに行かせた日の夜、イクスが街であったことを報告してきた。

どうやらどこかの貴族風情がリディアに声をかけてきたらしい。

チッ
心の中で舌打ちをしてしまう。なぜそれだけでこんなにもイライラしてしまうのか。あれだけ美しいのだ。声をかけられるのは当たり前ではないか。

「本日は服屋にしか行っておりませんので、それだけで済みましたが。店から馬車までのほんの短い間ですら、リディアお嬢様が歩いている間は周りのみんなが注目しておられました。少しでも長く街を歩いていたら、きっとすぐに男性に囲まれていたことでしょう」

イクスの目には心配と怒りのオーラが出ていた。

相手がただのガラの悪い平民であれば、イクスだけで対処ができるだろう。だがもしも相手が高位貴族であれば……。

イクスが無理に止めることもできなくなる。所詮は騎士。高位貴族に逆らうことは難しいのだ。

「……今後は街への外出は禁止とする。必要な物があれば、屋敷に商団を呼ぶようにしろ」

「かしこまりました」

イクスはまるでその言葉を待っていたかのようだった。

この男も数日前まではリディアのことを嫌っていたはずだが……。

リディアが頭を強く打った日から、人が変わったかのようだ……ということだが、リディアが変わりこの男の中からも憎しみという感情が消えてきたのだろうか。

美しいリディアの前で憎しみという感情が消えた後は、一体どんな新しい感情が生まれるのか……。

考えるだけでまた気分が悪くなりそうだったので、深く考えないようにした。

三章
次男カイザとリディアの婚約者

episode.03

Akuyakureeijyo ni tensei shitahazuga shujinkou yorimo dekiai sareteru mitaidesu

今日もエリックからの誘いで、一緒に昼食をとっている。ほぼ毎日の日課になりそうだ。

……会話は相変わらずほぼないけど。と思ったら、エリックが口を開いた。

「そろそろカイザが戻ってくるだろう」

げっ!!

持っていたスプーンを落としそうになり、慌てて持ち直す。

カイザとは、エリックの弟でありリディアの兄だ。

短絡的な頭の持ち主で、身体を動かすことにしか興味がないような脳筋男。口も悪く、小説の中でもリディアとは一番仲が悪かった。できるだけ顔を合わせたくない男である。

そういえば、いないと思っていたけど……どこかへ行っていたの? あいつ。

「あの……。カイザお兄様はどちらへ?」

「あぁ。リディアは知らなかったのか。隣国アスメディアとの戦いに参加していたんだ。昨日勝利したとの報告が王宮から届いた。そのうちカイザも戻ってくるだろう」

パンを食べながらエリックが答えた。

あの脳筋男、戦争に行ってたわけ? 隣国アスメディアねぇ……ん? アスメディア?

頭の中に小説の内容が蘇ってくる。

『次男カイザは隣国アスメディアとの戦いにおいて、罠にかかり左腕が使い物にならなくなった』

そうよ!! カイザは、左腕が不自由だった。確か過去の戦いでの怪我が原因で。

もしかしてそれが今なの!? 『罠にかかり……』たしか、この罠って……。

私はテーブルをバン！　と強く叩きながら立ち上がった。エリックも、側にいたイクスもメイド達もみんながビックリしているのがわかる。

でもそんなの気にしている場合じゃない!!

「大変です!!　その勝利はウソなんです！　敵の罠なんです!!」

エリックにそう訴えるが、何も響いていないようだ。ただポカンとしながら私を見ている。

「……突然どうした？　リディア」

なんとか私をなだめようとしているのがわかった。

頭がおかしくなったんじゃないわ!!　本当のことなのに！　どうしたら信じてもらえるの!?

「本当なんです!!」

「わかった。わかったから落ち着け」

もーーー!!　全然信じてない!!

「アスメディアは、負けたフリをして国境付近のウグナ山で待機しているんです！　その道を通る人達を狙っているんです!!　こちら側の三倍の戦力をもって。よく調べてください!!　実際に戦った相手はそれほど多くないはずです！　だって勝利に油断しているこちら側を狙うために、最初からウグナ山に潜んでいるんですから！」

ここまで言うと、さすがにエリックの顔つきが変わった。

「リディア……。なぜウグナ山の道を通ることを知っている？」

信じられないような、疑いの目を向けてくる。

それはそうだ。こんな侯爵家のただのお嬢様が知っているはずのない情報だ。

けどなんて言えばいい？　小説で読みましたーなんて、言えるわけなぃ！

「えーと、えーと、その……ゆ、夢で！　夢で神様に言われたんです!!」


しーーーーーん。


あぁ。やってしまった……。厨二病かよ。神様のお告げって。こんなの誰も信じてくれな……。

「お嬢様が!!　神託をお受けに……!!」

わぁ!!　とメイド達からの歓声が上がった。

……え？　……神託？

「アース!!　すぐに王宮へ行くぞ！　使いを送れ！」

エリックが立ち上がり、執事のアースに命令を出しながら忙しなく動き出した。

え？　え？

状況についていけていない私……。

エリックは慌てて部屋から飛び出して行き、執事達も何やらバタバタ動き回っている。メイド達は私へ眩しいくらいの視線を送ってくるし、イクスまでも目を輝かせながらこちらを見ている。

え？　え？　私……何かやらかした？

エリックが帰ってきたのは、なんと一週間後の夜だった。ずっと王宮にいたらしいが、詳しいことはわからない。

ただ、帰宅するなり私の部屋にやってきて大げさに頭を撫でてきた。

わしゃわしゃわしゃ。

エリックはどこか嬉しそうな顔をしている。今まではずっと無表情だったのに、少しだけ笑顔が作れるようになったのかしら？

だがせっかくの美しい顔にクマができていて、疲れ切っているのがわかりすぎるほどの状態でもあった。この一週間がどれだけ忙しかったのかを物語っている。

「ちょ、ちょっと。エリックお兄様……。ど、どうしたの……？」

「リディア。お前のおかげだ。お前の言う通りだった！　ウグナ山に敵国のやつらが隠れていたよ」

わしゃわしゃ。

エリックの頭を撫でる手は止まらない。心なしか、イクスの視線が少し痛い気がする。

「お前の情報がなければ、こちら側はやばかっただろう。カイザも無事でいられたかどうか……。被害を最小限に抑えられたのは、お前のおかげだ」

私の話からどうやって敵国を迎え撃ったのかまでは教えてもらえなかったけど、どうやら相手の奇襲は失敗に終わったらしい。

良かった……。カイザも大きな怪我はしなかったみたいね。

え？　カイザのことを嫌っているのに、なぜ助けたのかって？？

小説の中のカイザは、左腕が動かなくなったことで自暴自棄になって手に負えない乱暴者になった。それを癒して救ってあげたのが、兄と結婚した主人公ってわけ。そこからカイザは主人公への叶わぬ恋をして……どんどんと私と敵対していくのよねー。

だからそのフラグを折ってやったのよ。敵は少しでも減らさないとね！

まぁ、腕の怪我関係なく主人公に恋しちゃったら意味ないんだけど……。

「もう！　エリックお兄様。お疲れなんだから、早く寝たほうがいいわ」

いつまでも頭を撫でてくるエリックの腕を掴み、自分の肩にまわす。

フラフラになっていたから、部屋まで支えてあげないと……。

以前の生活でも、よく酔ったお姉ちゃんをこうしてベッドまで運んだのを思い出した。横を見ると、エリックの顔がとても近くにある。

うわ!!　こんな徹夜顔なのに、どうしてこんなにカッコいいのかしら!!　これだから男主人公は!!

少し照れながらも歩き出そうとすると、ふいに肩が軽くなった。イクスがエリックの腕を私から引き剥がし、自分の肩に回していた。

「イクス……」

「俺が運びます。リディアお嬢様は部屋で待っててください」

少し不機嫌そうな声だったが、顔は不自然なほどに笑みを浮かべている。

な、何!?　なんか変……。

「おい。イクス……。なんでお前が……。俺はリディアに……」

エリックがイクスを睨みながら何かを言っていたが、イクスはそのままエリックにも不自然な笑顔を向けて答えた。

「いえ。こういう仕事は俺の出番なので。さあ、行きましょう。エリック様」

まだ何か言いかけていたエリックだが、余程限界なのだろう。フラフラしながら仕方なく出て行った。

出て行く直前、エリックが名残惜しそうな顔でこっちを見た気がした。

基本無表情なので、あくまで気がしたって感じなんだけどね。

ふぅ……。カイザの左腕の怪我というフラグも折ったし、エリックともイクスともだいぶ仲良くやれている気がする。

これは、順調に処刑エンドから遠ざかっているんじゃないかしら。主人公が出てくるまであと二年!! このままうまくいかせるわよー!!

この時の私は全て順調にいっていると思い込んでいた。


「王宮に呼び出し!?」

エリックからの爆弾発言を聞いて、私は飲んでいた食後の紅茶を少し吐き出してしまった。慌ててナプキンで口元を拭く。

そんな私の姿を見ても、全く動揺なんてしていないエリックは淡々と話を続けた。

「ああ。実は昨日、王宮に兵士達や戦争に駆り出されていた者達が戻ってきたんだ。陛下もお前の助言のことは聞いているし、兵士達も感謝の気持ちを伝えたいと言っている者が多い。みんな、お前に会いたいんだ」

「そ、そんな……。私はただ夢で見たことを話しただけで……」

遠回しにお断りする。

王宮なんてごめんだわ！！！

「残念ながら、陛下直々の命だから断れないよ。それに……婚約者である第二皇子ともう半年以上会っていないし、会わせろという話もされていた」

エリックは少し顔を強張らせながら言った。

婚約者に会えですって？　そんなの尚更行きたくない……………ん？

誰が……婚約者だって？

「エリックお兄様……？　今……婚約者である第二皇子……とおっしゃいました？」

「？　……ああ。そうだが」

はぁぁぁぁ!?　婚約者!?　第二皇子が！？！？

「え!?　わ、私の婚約者は、ダーグリヴィア侯爵家のサイロン様ですよね!?」

エリックは何を言っているの!?　私の婚約者で、主人公に一目惚れをして私を捨てる最低な男はサイロンよ!!　第二皇子なんかじゃないわ!?

「リディア。何を言っている？　お前は第二皇子と婚約しているだろう？」

エリックは心配そうに私の様子を窺う。周りにいるイクスやメイも、私の言葉に驚いているようだ。

どういうことなの……？　登場人物の一人、私の婚約者はサイロンのはずよ。なぜ今の私は第二皇子と婚約をしているの……？

「で、でも……侯爵家なのに、皇子様と婚約なんて……」

通常皇子というものは、他国の姫だったり公爵家と結婚することが多い。他に年頃の女の子がいないわけでもないのに、どうして侯爵家の私と……？

「第二皇子は身体が弱いからな。王位継承とも関わることがないから、そこは問題ではないのだ。今さらどうしたんだ？　リディア。どこか具合でも悪いのか？」

エリックが私のところまで来た。頬を優しく包み薄いグリーンの瞳に見つめられる。

まさか私が皇子と婚約しているなんて……。

きっと今私の顔は真っ青になっているに違いない。

心配そうに覗き込むエリックに、私は何も答えることができなかった。その時また、小説の言葉が頭に浮かんできたからだ。

『毒殺された第二皇子』

はっ!!　そんな言葉が、どこかで出てきた気がする。

毒殺……？　もしかして第二皇子はあと二年の間に毒殺されるの？

それで、小説の中では私の婚約者がサイロンになっていたのかしら。

『少量の毒を数年間に渡り……』

『第三皇子側のレクイム公爵が……』

私の意思とは関係なしに、小説の言葉がどんどん頭に入ってくる。

え……待って。ちょっと待って。そんなに急に……情報が入ってきても……。

頭が割れそうに痛い。頭がパンクしてしまいそう。

ズキンズキンズキン
「はぁっ……ぁっ」

目の前が暗くなっていく。頭がぼやけて……座っていることすらできない……。

「リディア!!」

「リディアお嬢様!!」

「医師を呼べ!! 早く!!」

メイド達の悲鳴も聞こえる。すごく近いはずなのに、まるで遠くから聞こえてくるみたい。

エリックお兄様……イクス……メイ……。

そのまま私の意識はなくなった。


ひやり……。

あ……気持ちいい。

おでこに冷たい何かが当てられた気がする。誰かが優しく頭を撫でてくれている。違う誰かは両手で私の左手を握りしめてくれている。

なんだろう……すごく安心する……。

目を開けると、金色の髪の毛の隙間から覗く薄いグリーンの瞳と目が合った。元々白い肌をしているその人は、さらに白く……いや真っ青な顔をしていた。

エリック……？

「リディア！　目が覚めたか？」

エリックの問いかけに、コク……と力なく頷いた。その時左手をさらにギュッと握られた。そちらを見ると、イクスが泣きそうな顔で私を見ている。

手を握ってくれてたのはイクスだったのね。

イクスのこんな顔……初めて見た。いつも落ち着いてクールな姿しか見てなかったから忘れていたけど、まだ一七歳の少年だったわね……。

私はイクスに笑いかけて、手を握り返した。まだあまり力は入らなかったけど。

イクスは安心したのか、「はぁーー……」と大きなため息をついて、握っている手に自分のおでこをコツンと当てていた。イクスの後ろでは、メイが泣いている。

私…なんでベッドに寝ているんだっけ？

「第二皇子の話をしていたら、急に苦しみだして倒れたんだ。顔も真っ青で、少し痙攣もしていて……。みんなすごく心配したんだぞ。リディアがそんなにも第二皇子に会いたくないと思っていたとは……」

そ、そんな状態だったの？　そういえばすごい頭痛に襲われたような……。

エリックは相変わらず無表情だが、どこか苦しそうに見える。手は私の頭から頬に移動していた。

頭を撫でてくれていたのは、エリックだったのね。

「心配かけてごめんなさい。もう、大丈夫だから……。ちょっと頭が痛くなっちゃっただけなの。それに……第二皇子に会いたくないなんて思ってないですから」

半分本当で半分ウソだ。できることなら、会いたくない。王宮なんて関わりたくもないわ。私は平穏で落ち着いた暮らしをしたいんだから。

でも、毒殺されることがわかっているのに放っておくなんてできない。

「でも、こんな体調で……。明日動くのはキツいだろう。会うのはまた後日にしてもらったほうが……」

エリックの心配は素直に嬉しかった。後ろでイクスやメイもうんうん頷いている。

みんなから大事にされているようで、つい顔が綻んでしまう。

「大丈夫です。ゆっくり寝て休みますから」

そう言ってエリック、イクス、メイに笑いかけた。三人はまだ心配そうな顔だ。

無理してほしくないって目で訴えてきているけど、気づかないフリさせていただきます。

「じゃあおやすみなさい！」

と言って目をつぶった。第二皇子の件をどうするか、考えておかないと！

本当は今すぐ起き上がって、紙に書いてまとめたいところだけど……そんなこと、この三人が許してくれるわけないわよね。

寝たフリをした状態で、考えるしかなさそうだ。私は先ほど思い出した小説の内容を浮かべた。

えーーーと……第三皇子派閥のレクイム公爵に、少しずつ毒を盛られていた第二皇子……。

身体が弱いとされているのは、その毒のせいじゃないのかしら？　だとしたら、幼い子どもの頃から毒を飲まされていたのかも。

とんでもない男ね！　そのレクイム公爵ってヤツは!!　どうして今まで気づかれなかったのかしら！

そもそも、皇子の食事は常に毒味をされているはず。

すぐに死んでしまうような強い毒なら、皇子が口にすることはないだろう。だから……確実に皇子が食べるように、弱く即効性のない毒を使ったのね。

たとえ弱い毒でも、何度も何度も摂っていたら猛毒になる。

いつ死んでしまうのかわからないのだから、一日でも早く第二皇子に会わなくては!!　頭痛だったからって、先延ばしになんてしてられないわ！

先ほど頭の中に入ってきた情報の中に、この毒の解毒に効く薬草の名前もあった。それを飲み続ければ、良くなるはずだわ。

問題は、どうやって毒のことを伝えたらいいのか……。いきなり言って、信じてもらえるかしら？

無理よね。

どうする？　また神のお告げとか言っちゃう？　厨二病みたいで恥ずかしいのよね……あれ。

まぁ、なんとかなる……かな。

しばらくして、三人が部屋から出て行った気配がしたが、本当に睡魔に襲われていた私はそのまま眠ってしまった。

この時は第二皇子のことばかり考えていて、私の犬猿の仲である兄……カイザの存在をすっかり忘れていた。


「ここが……王宮……!!」

高い天井、金であしらわれた柱や壁。目がチカチカしてしまうほどの眩しい廊下をエリックと歩く。こちらでお待ちください、と案内された部屋はとても広く、友達の結婚式の二次会で行ったホテルのようだった。

私とエリックの二人だけなのに、こんな広い部屋に案内するなんて。王宮の部屋ってみんなこんなに広いのかしら?

はしたないとわかっていても、ついキョロキョロしてしまう。

置いてある家具は全てが高級そうだし、この部屋だけでも一体いくらかかってるのかしら? そんなことを考えてしまうのは、元一般人だからか。

この部屋へは招待された貴族しか入れないらしく、イクスやメイは使用人用の部屋で待機している。

私といえば、実は今日転生して初めての本格的なドレスを着ているのです!!

髪もいつも以上に念入りに結い上げられ、宝石のたくさん付いた髪飾りやネックレスをつけている。

もうキラッキラよ!! 今日の私はマジ天使すぎるほどの天使だから。

柔らかく座り心地の良いソファでのんびりしていると、バタバタ……という大きな足音が聞こえたと同時にドアが開けられた。

　バタン!!

「リディア様でいらっしゃいますか!?」

　バタバタ!!　と騎士達が数人部屋に飛び込んできた。

　大きな声で呼ばれ、思わず「はいぃ！」と変な返事をしてしまった。遠くのほうから、「突然開けるとはなんと無礼な！」と叫んでいる声が聞こえてくる。

　部屋にはどんどんと騎士が入ってくる。これは……五〇人以上はいるのではないか？

　がやがやうるさくて声が聞こえにくいが「美しい」「女神だ……」という言葉がたまに届いた。

　まぁ、当たり前でしょう。リディアの美しさは完璧ですからね!!

　それにしても、この騎士達はまさか……。

「ウグナ山での敵の策謀を見抜いた女神、リディア様!!　おかげで我々は無事に帰ってくることができました！　もし気づいていなかったら、被害は多大だったことでしょう。本当にありがとうございました!!」

　ありがとうございました!!　と全員が深くお辞儀をした。

　うわぁ……爽快……。こんなにたくさんの男性に感謝されるなんて、なかなか経験できることではないわね。

　もちろん、悪い気はしない。少し照れくさくもあるけど、ここは優しく女神らしい笑顔でも振りまいておこうかしら？

ニコッと微笑んだ途端、騎士達の顔が輝き私を見つめる瞳が熱を帯びた気がした。

うん。視線が痛いくらいね。

しかしその時、後ろのほうで一人の男だけがお辞儀をしていないことに気がついた。

赤褐色の長い髪を一つに縛っている。濃いグリーンの目はキツくこちらを睨んでいるようだ。かなり整った顔をしているが、王子様顔のエリックと比べると野生的な男らしさのある顔で全然違う。

間違いない……あれがカイザね。

私はふんっ！　とカイザから目を離し、騎士達へレディのお辞儀を返した。

「みなさんがご無事で良かったですわ」

その一言喋っただけで、騎士達からは「おぉ～!!」と感動したかのような叫び声が上がった。

なんだかアイドルみたいだな。

騎士の一人が私の手を取り甲にキスをしようとしたが、エリックが引き剥がした。

「お礼は十分です。みなさんもう下がってください」

エリックが絶対零度の真顔で言うと、騎士達は怯えながら仕方なさそうに部屋から出て行った。

カイザだけは部屋に残っている。まだ私を睨みつけたままだ。

なんなのよ……。ずっと睨んできて……。

頭にくるが、迫力がすごくてちょっと怖い。私はエリックの背中にささっと隠れて、服の裾をつかんだ。

それを見たカイザから、さらに怒りのオーラが漂ってきた気がする……。

「ずいぶん仲がいいんだな。会話すらしていなかったはずなのに。俺が戦争に行ってる間に何があったんだ？　……リディアもなんか変わってやがるし……」

カイザが嫌味ったらしい声で言った。腕を組んで、エリックと私を交互に睨み続けている。

「そう睨むな。カイザ。……リディアが怯えている」

「はっ！　随分と優しい兄貴になったようで！」

カイザは小説でもかなりの捻くれ者だったけど、実物も相当ね!!　もう一九歳のはずなのに、まだ反抗期の子どもみたいだわ。

「おい！　リディア！　こっちへ来い!!」

カイザが手を出して私を呼ぶ。その声は大きく威圧感がある。顔も怒ってるし。

誰が行くか!!

私はエリックに後ろからぎゅーっと抱きついた。エリックにくっついていれば、行かなくていいだろう。

エリックは一瞬ビクッと驚いていたけど、すぐに私を庇ってくれた。

「行きたくないそうだぞ？」

半笑いで言うエリック。

カイザはさらに怒っていたようだが、知るもんか!!　ウグナ山のお礼を言われるならともかく、いきなり喧嘩売られるなんておかしいでしょ!!

「カイザ、お前もそろそろ戻ったらどうだ？」

私を睨み続けているカイザに向かって、ため息をつきながらエリックが言い放った。

カイザは目線をエリックに移し、ふん！　と鼻を鳴らしながら答えた。

「これから陛下に会うんだろ？　俺も一緒に行く」

はぁぁ!?　なんっであんたも行くのよ!!　陛下や第二皇子に会うのだって少し憂鬱なのに、カイザまで同じ空間にいるなんてキツい！

ちょうどその時、王宮の執事が私達を呼びに来た。

とうとう陛下や第二皇子との面会ね。

私はエリックから離れ、一歩足を出した瞬間……ドレスの裾を踏んでしまった！

「きゃっ！」

しまった!!　長いドレス着てたの忘れてた!!　転んじゃう!!

目をつぶって衝撃を覚悟したが……ぼすっ！　意外にも痛みがなかった。

誰かが受け止めてくれたらしい。エリック……？

目を開けると、カイザの顔が目の前にあった。どうやらスライディングする形で私の下敷きになってくれたらしい。

さすが騎士に混ざって戦争に行ってただけある。すごい身の軽さだわ……っ!!

私は上を向いた状態のカイザの胸元にダイブしたようだ。

ガッチリ鍛えられている胸元に胸がときめく……っじゃなくて！！！

「ご、ごめんなさい!!」

慌てて離れようとしたが、カイザに腕を掴まれてしまった。キリッとしたグリーンの強い瞳に至近距離で見つめられて、思わずドキッとしてしまう。

性格は悪いけど、さすが小説の主要人物！　顔はとんでもなくイケメンね!!

カイザは「はぁ……」とため息をついた後、私の腕を引っ張って一緒に立ち上がった。

ズキッ
「いたっ……」

左足首に痛みが走る。思わず顔を歪めると、カイザが無言でしゃがみ込み私の足首を見る。

ちょ……ちょっと!?　いくら足首とはいえ、レディのドレスの裾を勝手に上げるなんて!!

「怪我したのか？」

エリックがカイザに確認をする。

「あぁ。赤くなってる。捻挫かもな」

ズキズキ。だんだんと痛みが増してくる。

こんな時に捻挫しちゃうなんて……！　ただでさえヒールのある靴だしドレスだしで歩きにくいのに……！

自分のバカさ加減に呆れていると、ふいに身体を持ち上げられた。

「えっ!?」

カイザにお姫様抱っこされてる！？！？　えっ!?　えっ!?　は、恥ずかしい！！！

エリックもなんとなく気に入らないような顔をしている。

「お、おろして!!」

カイザに訴えてみたが、なぜかカイザは笑っていた。さっきまでの怖い顔はどこにいった……?

「ふっ……顔真っ赤……くく……」

何がそんなにおかしいのよ!? いいから早くおろしてーー!!

エリックに助けを求めて振り返ってみたが、仕方ないか……というような様子で歩き始めた。

えっ!? このまま!? このまま陛下の所まで行くつもり!?

さっき、ノックもなく騎士達が突然部屋に入ってきたりしたけど……もしかしてこの国は礼儀とかそういうのがあまり厳しくないのかしら? 小説にはあまり王宮のことは書いてなかったから、よく知らないけど……。


なんと私はカイザにお姫様抱っこされたまま城の中を移動し、陛下の前に連れて来られてしまった。

陛下は一瞬驚いた顔をしたが、エリックが私の怪我のことを伝えるとすぐに納得したようだった。

こんなアットホームな感じでいいわけ!?

緊張していたはずなのに、優しそうな陛下の顔を見たら一気に力が抜けてしまった。

カイザが優しく私をおろしてくれたので、お辞儀をしながら挨拶をした。陛下はにこにこしながら私を見つめている。

「久しぶりだね、リディア嬢。この度はご苦労であった。感謝しておる。それにしても、しばらく見ない間にまた一段と美しくなったようだ。なぁ、ルイード」

陛下の隣に座っていたルイードと呼ばれた皇子は、私を見てしばらく固まっていたようだがハッとして頷いた。

どうやら彼が第二皇子のようだ。

銀の入った薄いブルーの髪。宝石のように輝くネイビーの大きな瞳。一六歳ということだが、まだ一三、一四歳くらいの幼さを感じるような可愛い皇子様。

しかし顔は青白く、体調が悪そうなのが見てわかる。

か、か、可愛いぃぃぃぃ！！！　なんっだこの皇子様!!　可愛いすぎ!!　中身年齢アラサーの私にはたまらない可愛さ!!　胸がキュンキュンするわ！

イクスにエリックにカイザに……カッコいい系男子ばかり見てたから、可愛い系男子にときめいちゃう!!

ヨダレが出そうになるのを必死で堪えながら、陛下とルイード皇子へ笑みを返す。

「ありがたきお言葉、恐縮でございます」

「女神の力で、ルイードの病も治せるといいのだがな。原因不明で、もはや誰にも頼れないのだ……」

陛下の目にうっすらと悲しみの色が見えた。明るく冗談のように言っているが、きっと本気なのだろう。

私をここへ呼んだのも、もしかしてこっちが本当の目的なのでは？

ルイード皇子の顔もみるみる曇っていく。

うーーーん。まさか、早速その話題になるとは思わなかったわ。どうしようかな。

原因……知ってます。って言っていいのかしら。

でもここでいきなり話すのは良くないわね。陛下とルイード皇子の他にも、王宮の管理職の方々が何人か参列している。

この中に、第三皇子派閥の人がいるかもしれない。下手なことを言ったら、ルイード皇子だけではなく、私まで命を狙われてしまうわ！

どこまでが味方でどこまでが敵なのかわからない以上、大きく動くのは得策ではないわね。でもルイード皇子の解毒処方はすぐにでも開始しないといけないわ。

私は陛下にお願いしてみることにした。

陛下の優しそうな顔と、このアットホームのような雰囲気があったから緊張しないで話しかけることができた。

「陛下へお願いがございます。ルイード様と二人きりになりたいのですが、よろしいでしょうか」

まずはルイード皇子とだけ話さなきゃ！

そう思ってのお願いだったのだけど…………ん？？

私の発言を聞いて、陛下はなぜかすごくニヤニヤしているしルイード皇子は真っ赤になっている。

エリックとカイザは少しショックを受けたような、驚いた顔をしている。

な、何……？

「もちろんいいとも。すぐに部屋を用意させよう。いや……ルイードの部屋でいいかな？　はっはっはっ」

なぜかとても楽しそうに陛下が快諾してくれた。

私は別にどこの部屋でも構わないけど？

そう思っていたが、エリックが「来客用の部屋でお願いします！」と強く懇願したためルイード皇子の部屋ではなくなった。

エリックとカイザから叱咤のような視線を感じるのは、気のせいかしら？

用意された部屋に案内された後（今回はエリックがお姫様抱っこで運んでくれた）テーブルを挟んでルイード皇子と向かい合って座った。

ルイード皇子は私と目を合わせずに、俯き加減でソワソワしているようだ。まるで小動物のようで可愛いらしい。

人見知りなのかしら？　こんな状態でどうやって毒のことを伝えたらいいのか……。

いきなり言っても信じてもらえないわよね。まずは普通に会話をしてみますか！

「本日、ご体調はよろしいのですか？」

「えっ！　あっ……はい。今日は……その……気分がとても良く……あの……はい」

なんなのこの可愛い生き物は。元々可愛い男子好きの私の胸をギュンギュンしてくるわね。

顔を赤くしながら戸惑っているルイード皇子の可愛さ半端ないっ!!

一つとはいえ年上で、さらに王族なのに敬語使ってくるとか最強かよ!!

「あ、あの……リディア嬢。以前お会いした時と、その……雰囲気が変わりましたね」

「あぁ！　ええ。そうなんです。ちょっと気持ちに変化が……。何か変でしょうか……？」

「えっ⁉　いえ！　変だなんて！　と、とても良い……と、思い……ます」

ふふっ。あまりにも可愛くて、つい意地悪言ってしまったわ。

こんな可愛い皇子様を殺そうとするなんて、レクイム公爵許すまじ‼　私が絶対に死なせないわ！

さて。どうしようかしら。

ここはまた神様からの声が聞こえたーってことにするのが一番良い気がするわよね。私の考えって言ってしまうと、レクイム公爵家との争いになってしまうかもしれないし。

よし。神の声が聞こえる女神様の演技を始めるとしますか‼

「ルイード皇子様。お顔に触れてもよろしいですか？」

身体を前に出し、精一杯手を伸ばすが到底ルイード皇子には届かない。足を怪我しているので移動もできないし。

「え、えええぇっ⁉」

ルイード皇子は私の発言に驚いて一瞬後ろに反り返っていたが、真剣な私の様子を見てオドオドしながらも隣に来て座ってくれた。

可愛いだけでなく、優しいなんて素晴らしいわね。

私は右手をそっとルイード皇子の左頬に当てた。ルイード皇子がビクッとして固まったのがわかった。

こうやって、いかにも身体の中を調べてます……みたいな行動でもしておかないとね！

もう少しかな？　この手を離したら、ルイード皇子に毒のことを伝えて……。

そんなことを考えていたら、急にバタン！　と扉が開いた。驚いてドアのほうを向く私達。

そこにはエリックとカイザが立っていた。

「お前はっ……！　女なんだから、もう少し恥じらいを持て……！」

カイザがすごい勢いで走ってきたと思ったら、私の腕を掴んでルイード皇子から引き離す。

エリックは右手で顔を覆い、長いため息をついているようだ。

な、何!?　恥じらい!?　この人達……何か変な勘違いしてない!?

てゆーかノックもなしに入ってきていいの!?

あなたももう少し礼儀を……と言ってやりたかったけど、カイザにギロッと睨みつけられてしまったので言うのはやめておいた。

「いいか!?　婚約者とはいえ、お前は女なんだし一応侯爵令嬢としての誇りを持ってだな……」

「婚約者だということを忘れていたのにどうしてあんな……」

カイザとエリックが交互に責め立ててくる。

うん。二人が何か勘違いしていることはよーーくわかった！　イクスに逆セクハラをしていたりディアだもの。そこのとこ、全く信用されてないのね！

「ごほん！」

わざとらしく、大きく咳払いをしてみせるとカイザもエリックもぴたりと話すのを止めた。

「お兄様達。何を誤解なさっているのか存じませんが、先ほどの行動はルイード皇子様のご体調を見ていただけでございます！」

腕を組み、上目遣いで二人をジロっと睨む。二人が少し気まずそうな顔をした。

エリックはまだ納得がいかないようで、不満そうな顔で言い返してきた。

「いくら体調を見るためとはいえ、あんなに顔を近づける必要はないだろう」

そこ、そんなに大事なの？

思わずはぁ……とため息が出てしまう。

ここは話を変えるしかなさそうね。この話をしている限り、イケメンお兄様の機嫌は治らなそうだわ。

「それよりも、エリックお兄様。わかったのです。ルイード様の病の正体が」

その言葉に、エリックとカイザは目を見開いて驚いていた。

驚くのも無理はない。たくさんの医師が見てきたにもかかわらず、誰もルイード皇子の病がわからなかったのだから。

でも一番驚いていたのはルイード皇子だろう。勢いよく立ち上がり、テーブルに足をぶつけてしまっていた。

私達兄妹三人の視線がルイード皇子に注がれる。ルイード皇子からの言葉を待っているのだ。

「や、病の正体がわかったって……。そんな……ほ、本当に……？」

期待と不安が混ざった顔。それはそうだ。医師でもなくただの一五歳の令嬢が言うことなど、すんなり信じられるはずもないだろう。

それでも私がウグナ山での功績を出しているから、少しの希望が見えているはず。

私はルイード皇子に向き直り、姿勢を正して堂々と話し始めた。

「ルイード様は病にかかっているのではありません。毒に侵されているのです」

「毒!?」

ルイード皇子と二人の兄が同時に叫んだ。

「お静かに!」

ピシャリと言った私の言葉に、三人はすぐにハッとした顔になった。誰に聞かれるかわからないのだから、大きな声で話す内容ではないのだ。

そう。本当に毒が原因なのだとしたら、それを盛った犯人は身近にいるということなのだから……。

ルイード皇子が首を振りながら、弱々しく否定した。

「そんなはずはない……。毒味係は必ずいるし、俺はもう何年も前からずっと体調が悪いのだ。もし毒ならば……とうに死んでいるはずだろう……?」

「残念ながら、皇子が飲まれた毒はとても弱い毒なのです。一度や二度飲む程度では、さほど身体の変化も感じないことでしょう。ですが、数年にわたり飲み続けていれば……弱い毒も猛毒になっていくのです」

少し強い口調になっちゃったかな……?

申し訳ない気持ちになり、ルイード皇子から目をそらす。

ずっと病気だと思っていたのに、それが誰かの企みによるものだと知ったら……。ルイード皇子は今どんな気持ちだろうか。

「そんな……そんなはず……」

ルイード皇子はソファに座り込み、頭を抱え込んでしまった。下を向いているため、どんな顔をしているのかは見えない。

「ルイード皇子。突然こんなことを申し上げてしまい、本当に申し訳ありません。ですが……一度、毒の検査をなさってください。お願いします」

ペコッとお辞儀をするが、ルイード皇子は頭を抱えたまま動かなかった。返事もない。

ポンとエリックに肩を叩かれた。

エリックは遠慮するような顔で私を見ると、そのまま抱き上げた。

「今は一人にしてさしあげよう。陛下には俺から伝えておくから、リディアは先に家に帰りなさい。ルイード皇子。失礼致します」

そう言いながら、部屋から出て行く。カイザも無言のままついて来た。

私達が部屋から出る時にも、ルイード皇子が顔を上げることはなかった。

✤ カイザ視点

神の申し子！　女神！　聖女！

騎士達がリディアのことを褒め称えている。

リディアの助言のおかげで、ウグナ山での奇襲に備えられて……結果大勝利をおさめることができたと言われているからだ。

騎士団長からその話を聞いた時は、信じられなかった。あのリディアが？

馬鹿でワガママで自分勝手なあの女が、そんなことできるとは到底思えない。

昔は見た目だけは可愛かったが、エリックにしか懐かないし俺とは喧嘩ばかりだった。

最近では見た目の可愛さもなくなり、見るたびに嫌悪してしまうほど近寄りたくもない存在だ。

なので、正直驚いた。王宮で久々に見たリディアはまるで別人だった。

昔の面影が残る姿……兄の目から見ても、かなり美しいと言えるだろう。立ち振る舞いや態度も何もかも、自分が知っているリディアとは違っていた。

そしてなんと言ってもエリックとの仲の良さに驚いた。あの二人も、最近では全く絡みがなかったはずだ。

いつの間に、あんな顔で見つめ合えるほど仲が良くなったんだ……？

おもしろくない。なぜだかわからないが、仲の良い二人を見ているとイライラした。

ルイード皇子の病の原因は毒だと言った後、俺とリディアは二人で屋敷に戻っていた。エリックは陛下に話があるからと王宮に残った。

狭い馬車の中でリディアと二人きり……。なんだか気まずい。

「お前……なんで原因が毒だとわかった？」

つい、睨みながら強い口調で聞いてしまった。

俺の態度にリディアもイラッときたようだ。同じように俺を睨みつけながら、返事をした。

「神の声が聞こえたからですわ」

堂々と答えてはいるが、どこか恥ずかしそうにも見える。

本当に神の声が聞こえるのか……？　それって……すごいことなんだよな？

これが国内外に知れ渡ったら、リディアのことを狙う連中が後を立たないだろう。

この見た目だ。女神として奉られる可能性だって高い。これから先、誘拐や暗殺などの対象にされることが……。

「もう！　なんなのよ！　なんでそんなに睨んでくるわけ⁉」

「は？」

色々と考え事をしていたのだが、どうやら気づかないうちにリディアを凝視していたらしい。

別に睨んでたつもりはなかったのだが……。目つきが悪いのは生まれつきなのだから仕方がない。

「別に睨んでねーし、見てもいねーよ！」

「思いっきり見てたでしょ!!」

先ほどまでのお淑やかさなんて、どこへやら。俺の前では相変わらず生意気な態度だな。

でも不思議なことに、前のようにそれが嫌に感じなかった。

屋敷に着き、リディアはイクスを呼んだ。イクスは使用人用の馬車で後ろから付いてきていたのだ。

足を捻挫して歩けないから呼んだのだろう。

俺がここにいるっていうのに……。

また謎の不快感を感じて、リディアを無理矢理抱き寄せて持ち上げた。

「きゃあっ！　な、何!?」

「俺が運んでやる」

そう言ってスタスタ歩き出すと、後ろからイクスが呼び止めてきた。

「カイザ様！　わざわざカイザ様の手を煩わせるわけには……。自分が……」

何か言ってくるが、無視だ。無視。あいつも少し前なら自分からリディアを抱いて運ぶなんて言わなかったはずなのに……。

「ちょっと！　おろしてよ！　イクスに運んでもらうから！」

リディアが俺の胸元を叩きながら抵抗してくるが、痛くも痒くもない。こっちも無視だ。無視。

俺の態度を見て諦めたのか、リディアもイクスも大人しくなった。

「もう……なんなのよ……」

少し顔を赤らめて俯いたリディアを見て、初めて妹に対して『可愛い』という感情を抱いた。

俺にだけ懐かない生意気な妹だが、もし今後何か危険な目に遭いそうになっても……必ず俺が守ってやる。そんな風に思ったのは初めてだった。

◆

結局部屋までカイザのお姫様抱っこで来てしまった。

うぅ……なんだか悔しい……。

とりあえず近くのベッドに腰をかける。

同じ部屋にいるイクスからは少し不穏な空気が漂っているし、メイも心配そうな顔で私の様子を窺っている。二人ともカイザに会うのは久しぶりなはずだ。

犬猿の仲だった私とカイザの今の状態を見て、戸惑っているに違いない。二人とも、私とカイザを交互に見ている。

まぁ……戸惑っているのは私も同じなんだけど。もっと仲が悪いと想像していたけど、違ったのかな……？　まさか馬車から部屋まで運んでくれるなんて。

どうせならイクスに運んでもらいたかったというセクハラな考えは置いておいて、一応お礼は言わないとだよね。

「ありがとう……」

うまく素直に言えず、素っ気なくなってしまう。

カイザからの返事はない。

チラッとカイザを見ると、彼はなぜか上着を脱ぎだしていた。

！？！？　は!?　何脱いでるのこの人!!　ここ私の部屋なんですけど!?

やだ！　薄いシャツの上からでもわかる、胸筋！　素敵……じゃなくて!!

「ちょ……ちょっと！　カイザお兄様!?　何をしているの!?」

「カイザ様!?」

カイザのこの行動は、私だけではなくイクスやメイをも驚かせていた。

「今日はここで寝る」

さも当たり前かのように、堂々と言ったカイザ。ポカーーンと口を開けたまま放心してしまった私たち。

え……こいつは何を言ってんだ?

「ご、ご冗談を……」

「冗談じゃない。本気だ」

一点の曇りもない綺麗な瞳……っておい!!

言い返そうとした私の口に、カイザが人差し指を当ててきた。しゃべるな、ということだ。

ジロっと睨むと、カイザはメイに退室するように伝えた。メイは不安そうに私のほうを振り返りながらも、ドアに向かって行く。

メイが出て行ったのを確認して、カイザが小さな声で言った。

「今日ここに暗殺者が来る可能性がある」

カイザの言葉に、私とイクスが固まった。

暗……殺者? ここに……って私の部屋? なぜここに暗殺者が来るのよ。

……まさか、私を殺すため……?

一気に真っ青になる私。

「暗殺者って……リディア様を狙って⁉　なぜですか⁉」

イクスも同じくらい真っ青になって慌てている。彼は何も知らないのだから仕方ない。私には、その理由がなんとなく……いや確実にわかる。

「ルイード皇子が毒に侵されていると……私が報告したからですね……」

「……⁉」

「……そうだ」

イクスはとても驚いていたが、詳しくは追及してこなかった。私とカイザの様子を、黙ったまま見つめている。

「もしそのことが毒を盛った犯人に知られたなら……お前は狙われることになる。しかも今夜だ。ルイード皇子の毒の調べが終わる前に、何か知っているかもしれないお前を殺しておく必要があるからだ」

カイザの真剣な顔……これが現実なのだというのが伝わってくる。

公爵家との争いが起きるかもしれないとは考えていたが、まさか命を狙われるなんて……。

ガクガクと身体が震えてくる。怖い……。

ぎゅっ
突然、カイザに優しく抱きしめられた。

「大丈夫だ。俺が守ってやるから」

「リディア様。俺もお守りします！」

二人からの守ってやる発言に、一瞬で恐怖が吹き飛んだ。

えっ……ぎ……ぎゃあああーー！！！

ま、守ってやる！　って……そんな漫画みたいなセリフを実際に言われるなんて!!　しかもこんなイケメン二人に!!

てゆーか、カイザに抱きしめられてるんですけど!?　きゃああーー！　む、胸板が!!　やばいやばいーーー！！！

命の危険に晒されてるというのに、自分でも呆れてしまう。今の私は間違いなく顔が真っ赤になっていることだろう。

「屋敷の警備を厳重にしなくてよろしいのですか？」

イクスがカイザに確認をしている。私が真っ赤になっているとは知らず、二人は真剣そのものだ。

な……なんだかごめんなさい……。

黙ったまま二人の話に耳を傾ける。カイザは自然に私から離れていた。

はぁ……。薄着筋肉男子に抱きつかれると、寿命が縮むわ。

「いや。むしろ、軽くしようと思っているくらいだ。簡単にこの部屋に入れるくらいにな」

「えっ!?」

カイザの理解不能な返答に、イクスは目を丸くした。もちろん私だって驚いた。

暗殺者を簡単に部屋に入れる？？

「今日逃したらまたいつ来るかわからない。暗殺者を確実に今日捕らえて、その犯人を追い込む必要がある。二度とリディアを狙えないようにな」

なるほど……。私を狙ってやって来た暗殺者を、逆に捕まえてやるのね！

カイザの作戦を素直に聞く私とイクス。

「まず、暗殺者は真っ先にベッドで寝ている人物を狙う。だから俺が布団を被ってベッドに横になる。他の部屋に行かれたら守れないから、リディアはこの部屋から出るな。見つからない場所にイクスと隠れるんだ」

うんうん、と頷く。

さすがずっと戦争に出ていただけあって、頼りになるじゃない！

「二人が隠れる場所はー……そうだな。ここにしよう。ここに隠れてろ」

うんうん……って、え⁉　そこ……小さいほうのクローゼットじゃない。

そこに隠れなきゃいけないの⁉　イクスと二人で⁉


真っ暗。そして狭い。広さは日本でいうと二畳分くらいだろうか。

ドレスではない薄い普段着や寝巻きが入っている小さいほうのクローゼット。もうここに入って二時間は経過している。

たくさんの服に囲まれて、私の右半分はイクスと密着している状態だ。

本来、もう少し距離を保てるくらいの余裕さはあったはず。だけど長時間そこで待機するかもしれない私の身体を気遣われて、ふかふかのクッションをたくさん入れられてしまったのだ。

結果……ぎゅうぎゅうになったクローゼットの中で、どうしてもイクスと密着した状態になってしまった。

「………」

しかもいつ暗殺者が来るかわからないため、会話すらできない。

無言のままこの至近距離！！！　キツくない⁉　学生時代、隣の席の男子との距離でも緊張してたくらいなのに……。

こんなに密着するなんて、ドキドキしすぎて耐えられない‼

ここが真っ暗で本当に良かった。きっと顔は赤タコのように真っ赤になっているはず。

あ。ここは令嬢らしく、真っ赤なバラに例えたほうが良かったかしら？

無駄にソワソワしている私に気づいたのか、

「お疲れでしたら寝てしまっても大丈夫ですよ。俺が起きてますから」

外に聞こえないよう、イクスが私の耳元に顔を近づけて囁いてきた。

ぎゃーーーー！！！　耳元で囁くなよ！　イケボめ‼　顔だけじゃなくて声までカッコいいってどういうことよ。やめて！　私を殺す気か‼

本気で叫びそうになったのを、ぐっと堪える。こんな状況で寝られるわけがないじゃないの。

あまりの緊張で少し震えていたのを、どうやらイクスは私が怖がっていると勘違いしたようだ。

私の右手をぎゅっと握ってきた。しかも指と指を絡めるアレだ！　あっちの繋ぎ方だ！

恋人繋ぎかよ！　イクスさん！

ちょっと待ってよ!!　心臓が！　ついていけないんだってば!!

バクバクバク
やばい!!　このままじゃ本当に死ぬ……。イクスにこの速すぎる心音聞かれてたら恥ずかしすぎる！

暗殺者！　来るなら早く来てーー！

ぎゅうっと、握る手に力が入ったと同時に……部屋の中を誰かが歩いている気配がした。

はっ！　だ、誰か部屋にいる！

部屋の様子を見ることはできない。私もイクスも、動かずに黙って音を聞いていた。

ベッドのほうに向かって歩いている……？

ドッ！　ばさっ！「なっ」バキッ！「ぐっ……」ドサッ！

何やら争っている音が……。どうなったの？　カイザは無事なの？

しばらく静かになったかと思ったら、カイザの声が聞こえた。

「捕らえた！　これから楽しい拷問をしてくるからな。イクス！　あとは頼んだぞ！」

そのままカイザは捕らえた男を連れて部屋から出て行ったようだ。ドアが閉まった後、部屋の中は静寂となっていた。

念のためすぐには動かず、部屋の様子を窺っていたイクスもやっと私と一緒にクローゼットから抜け出した。安全が確認できたようだ。

「ほ、本当に暗殺者が来るなんて……」

実際に目で見ていないので、あまり実感はないのだが……もしベッドにいたのが自分だったらと思うと怖くなる。

襲われたベッドには近づけず、大きなソファに腰をかけた。

ベッドの周りには毛布などが落ちていて、所々刃物で切られたような箇所がある。イクスはそれらを拾い、部屋の隅に片付けた。

あとで捨てるんだろうな。お気に入りだったのに……あの毛布……。

「今夜は俺も部屋の中で護衛します。リディア様。少しでも休まれてください」

イクスが遠慮がちに私を見つめた。

初めてイクスに会った時は、目を合わせてもくれなかったのに……。

笑顔もなく、私を蔑むように見てた暗い瞳はもうない。今は兄達と同じように私のことを本当に心配してくれているのが伝わってくる。

主人公に出会ったら、私よりも主人公のことを大切に想うようになるイクスや兄達。

でも今は……主人公のいない今は、私が甘えてもいいかな？

「イクス……。眠るまで、手を繋いでくれる？」

「えっ？」

下がっていた眉や目が大きく開かれた。薄暗くてよく見えないが、顔が少し赤いように見える。

うーん……調子に乗っちゃったかな？

前言撤回しようとした時、イクスはそっと手を握ってくれた。

……温かい。クローゼットの中ではあんなに緊張したのに、今は落ち着く。

怖くなってた気持ちが、だんだんと薄れていった。

今日は王宮へ行って陛下やルイード皇子に会って……カイザに会って……それからこの暗殺事件。

本当に忙しい一日だったわ。

疲れ切っていた身体が、睡眠を求めていた。

暗殺者はまだ怖いけど……これだけ近くにイクスがいてくれるなら、安心できる。

目を瞑るとイクスの呟き声が聞こえた。

「おやすみなさい」

やっぱりイクスはいい声してるわね……。

イクスの手を握りしめながら、私は眠りに落ちていった。

◆イクス視点

リディア様が誰かに狙われているかもしれない。

まさか本当に、暗殺者が来るのだろうか……？　もし来たなら……。

とてもリディア様には言えないような、残酷なことを考えてしまっている。どういたぶって拷問して苦しめてやろうか……。

そう。そんなことを考えていないとダメなのだ。

そうでないと、今現在……彼女が密着している部分に全神経を集中してしまいそうなのだ。

今俺は狭いクローゼットの中にリディア様と二人で閉じ込められている。真っ暗な中、自分の左側に感じる温もりと柔らかさが俺の理性を壊しにかかってくる。

微かに聞こえる息遣いや甘い香りも、すごい攻撃力だ。

今はそんなことを考えている場合じゃないのに！　くそ！

気づくと、彼女もどこかソワソワしているように感じる。きっと暗殺者が来ると聞いて落ち着かないのだろう。疲れているだろうし、休んでいいのに……。

俺は彼女の耳元で、休んでも大丈夫だと小声で伝えた。暗闇だったので、思った以上に近づきすぎてしまったらしい。彼女がビクッと微かに動いた。

なんだよこの反応……。可愛いすぎるだろ……。

彼女を抱きしめたい衝動が押し寄せてくる。

過去にも何度も抱きしめたことはあるが、あの時は全く望んでいなかったし苦痛ですらあった。まさか自分から抱きしめたいと思う日がくるなんて……。

でも命令されたわけでもないのに、抱きしめるわけにはいかない。

俺はそっと彼女の手を握った。

これくらいなら……。

もし何か言われても、怯えているようだったから……と言い訳をしたらいい。だが彼女は手を離さなかったし何も言わなかった。

それだけでこんなに幸せな気持ちになれるのか。

クローゼットから出た後、彼女は俺の手を握ったまま眠りについた。

無防備に寝ている姿はまた俺の理性を揺るがせる。

それにしても、本当に暗殺者が来るとは……。

もしカイザ様が動いていなかったなら、今頃リディア様は無事ではなかったかもしれない。激しい怒りが湧いてくる。

「……無事でよかった」

白い頬を優しく撫でる。金色の長いまつ毛が月の光に当たりキラキラ光っている。

見ているだけで、胸の奥が温かくなる。こんなにも守りたいと心から思う日がくるなんて……。

部屋の外に人の気配を感じて、リディア様の手を離し立ち上がった。

警戒して剣に手を伸ばしていたが、扉が開き入ってきた人物を見て姿勢を戻した。

「カイザ様……」

カイザ様は眠っているリディア様を横目に見て、安堵しているようだった。

暗殺者への拷問は終わったのだろうか？

そのまま近くにある椅子に腰かけて、はぁーと大きなため息をついた。だいぶお疲れの様子だ。

服が先ほどとは変わっている。きっと血のついた服を彼女に見せないために、着替えてきたのだろう。

「……レクイム公爵の仕業だった」

「レクイム公爵⁉」

ぼそっと呟いたその名前に、大きく反応してしまった。

レクイム公爵家は王宮とは長い付き合いの、格式ある家柄だ。公爵家の中でも上のほうに位置している。

現在、王家を継ぐのは第一皇子が最有力であるが、レクイム公爵が第三皇子に付いたことからどうなるかわからなくなっている。それくらい力のある家なのだ。

そのレクイム公爵が、第二皇子を毒殺しようとしていた……？

「まさか……第三皇子を跡取り争いに出させるために、第二皇子の身体を早い段階から弱めさせていた……⁉」

「そういうことだろうな。第一皇子は正妃の子だから警備も厳しいし、第三皇子が生まれた時にはある程度の年齢になっていた。毒にも慣れさせていただろうしな。だから狙ったのは第二皇子だったんだ」

「そんな……」

「でも今回あいつはヘマをした。リディアのような女なら簡単に暗殺できると思い込んで、暗殺者も一人だけだった。失敗するなんて想像もしてなかったんだろうな」

カイザ様がニヤリと笑った。楽しそうな顔ではあるが、どこか怒りの感情も滲ませていた。

「レクイム公爵家をぶっ潰すぞ」

カイザ様は特に第二皇子派ではなかったはずだ。ここまで怒っているのは、第二皇子への毒殺疑惑が理由ではなく……リディアお嬢様を暗殺しようとしたことへの報復なのだろうか。

ギラッと怪しく光るグリーンの瞳にゾクっとした。

◆

『レクイム公爵家は他国と麻薬を密輸……』

『反対派閥の貴族の娘を誘拐のち人身売買……』

頭の中にまたたくさんの情報が入ってくる。

小説の中で、第一皇子が王位継承される際……レクイム公爵を失脚させた時の話に書いてあった。

こんなにひどいことをしていたレクイム公爵。失脚、処刑となった時には胸がスッとしたな……。

「んん……」

目を開けると、眩しい光と共に天蓋ベッドの天井が見えた。

朝だ。私、昨日いつの間に寝たんだろう……。

夢でレクイム公爵の悪事情報をたっぷり仕入れていたからか、目覚めが悪い。

「おはようございます。お嬢様」

メイがにこやかに挨拶してくる。朝はノックなしに入っても良いと、メイには許可を出していた。

私の目が覚めたタイミングでカーテンを開けてくれる。

笑顔のメイと、晴れやかな空を見ていると……昨夜の出来事がまるでウソだったみたい。少し暗くなっていた気持ちが明るくなった気がした。

朝からお風呂に入り、メイが身体を丁寧に洗ってくれる。湯船に浮かべたバラの花びらがとてもいい香り。

昨夜何があったのか……暗殺者のことは、メイは知らないはずだ。それでも何かを察しているのか、いつも以上に私を労ってくれている気がした。

「ありがとう。メイ……」

「とんでもございません！　当たり前のことですよ」

二人で顔を合わわせ、ふふっと笑い合った。

その時。突然部屋のほうからカイザの叫び声が聞こえた。

「リディア!!　どこだ!?　リディアーー!?」

!?

どうやら私を探しているらしい。

昨日の今日だから、心配して来てくれたのかな？

それはとてもありがたいのだけど……。

バタンバタン！　色々な扉を開けている音がする。時々バキ！　と何かが壊れた音まで聞こえてくる。力の強いカイザが、勢いあまって扉などを壊してしまったに違いない。

え。なんなのあいつ。殴ってきていいかな。

「カ、カイザ様ですよね……？」

「そうみたいね」

メイは今私の腕をマッサージしているところだった。

濡れないように服を少しまくり上げていて、とても男性の前に出られる姿ではない。真っ裸で湯船に浸かっている私だって同じだ。

「リディア!?　どこだ!?　イクス!?」

私が入浴している間、イクスは食堂に行っているはずだ。代わりの護衛が部屋の外にいるはずだが、きっとカイザの迫力が怖くて声をかけられないのだろう。

私とイクスが不在なので、余計に心配しているのかもしれない。

でもまさか……浴室のドアをいきなり開けたりはしないわよね……？　そこまで脳筋バカではないわよね……？

ここにいる！　と声を出して知らせればいいのだろうが、部屋でバタバタしているカイザにきちんと声が届くのか微妙だ。

下手に小さな声だけ聞こえてしまったら、何事かとこのドアを開けられてしまうかもしれない。

静かにドアを見つめる私とメイ。

メイは念のため大きなタオルを持ち、私を隠そうとしてくれていた。その時……。

ガチャ！

ドアノブに、手がかけられた音がした！

ウソでしょ⁉　思わず身体を隠すと
「カイザ様‼　ダメです！　リディア様が今入浴中です！」

ドアの向こう側でイクスが叫んでいるのが聞こえた。もしかしたら、部屋の外にいた護衛が呼んできてくれたのかもしれない。

一瞬開けられそうになったドアが、またバタンと閉まった。

セーーーフ！！！

「は？　入浴？　今、朝だぞ」

カイザが脳筋丸出しのバカ発言をしている。

朝だって風呂入ることもあるだろうが‼　アホか‼

イクスがなんとかカイザを部屋から出してくれたみたいなので、メイとほっと一息ついてまたお風呂タイムを楽しむことにした。

お風呂から上がり、支度を整える。今度はきちんとノックをされ、カイザの声がした。

「リディア。入るぞ」

ガチャ。

おい。そこは「入るぞ」じゃなくて「入っていいか？」でしょ⁉　返事聞く前に開けたら意味ないし‼　バカ‼

まぁ……そこはこの際許してやろう。でもさっきのことはしっかり注意しておかないと。

「カイザお兄様。心配してくださるのは嬉しいですが、まさか浴室に勝手に入ってこようとするなんて……さすがにあり得ないですよ？」

私は顔面に聖母のような笑みを浮かべ、落ち着いたトーンの声で言ったはずなのだが……なぜかカイザは少し怯えた様子で小さく「ごめんなさい……」と言った。

あれ？　せっかく笑顔を作ったつもりだったのに、ドス黒いオーラが出ちゃってたかな？

でも悪気があったわけではないし、私を心配してのことだったのだから……許すしかないけどね！

昨夜もカイザには助けられたし。

「まぁ、いいです。次からは気をつけてくださいね？」

「わかった！　ところでお前……足の怪我はもういいのか？」

そういえば。少し痛みを感じるが、歩くのには特に問題はなさそうだ。足の怪我も覚えていてくれたのか……。

「大丈夫です」

「そうか。なら、今日も王宮へ行くぞ」

はい？

本当にこの人は、会話の流れとかないのだろうか。いつも直球ばかりだ。

それにしても王宮へ行くということは、昨日の暗殺者の件で何かわかったのかな？　それともルイード皇子の毒の検査が終わった？

聞きたいところだが、メイや他のメイドが同じ室内にいて朝食の準備をしているため聞くことはできない。

なぜか今日は自室で食べるようにとカイザに言われていた。

「準備ができたらイクス以外は部屋から出てくれ」

カイザの命令に従い、メイド達が部屋から出て行く。朝食はちゃっかりカイザの分まで用意させている。

私は朝食を食べながら、昨日の暗殺者から得た情報を聞いた。

これ……食事中にする話じゃなくない？

それにしても、まさか暗殺者からいきなりレクイム公爵の名前が出るとは思わなかった。かなり頭の良い公爵のはずだから、そんな失態はしないだろう……と。

それだけ私の暗殺は簡単だと舐められてたのね！

第二皇子の婚約者とはいえ、ほぼ会うこともなく大事にもされていない。兄達、召使い達からも嫌われていた馬鹿でワガママな令嬢など簡単に殺せると思われたんだわ。

まさか国の英雄騎士と呼ばれているカイザが身を挺して私を守るなんて、想像もしていなかったのね。私ですら驚いたのだから当然か。

でも、それで良かった！　舐めててくれて助かった！　レクイム公爵の名前が出たことはかなりナイスよ！

「相手は公爵家だ。だが……俺は絶対に許さないし、どんな手を使ってもぶっ潰してやる！」

カイザが物騒なことを言ってきたが、私だって同じ意見だ。

小説を読んでた時から大嫌いだったレクイム公爵を、失脚させてやる！　小説より少し早いタイミングになっちゃうけど、これも人助けになるしいいわよね。

「私、今日も神様の声を聞いたの。全部レクイム公爵の悪い話だった。……カイザお兄様、詳しく調べてくださります？」

ニヤリと笑った私に、さらに悪役顔で意地の悪い笑みを見せてきたカイザ。

ふふ。私達、実はお似合い兄妹なのかもね。

私達の様子をずっと見ていたイクスは、小さい声で「そっくりだな……」と呟いていた。

四章
ルイード皇子との婚約については少しお待ちください

episode.04

Akuyakureeijyo ni tensei shitahazuga shujinkou yorimo dekiai sareteru mitaidesu

うーーーーん。

どうも、こんにちは。リディアです！　ただ今ちょっと困ったことになっております。

え？　今？　私、王宮のルイード皇子の部屋にいます。王宮に到着した途端、陛下の命令だと言われルイード皇子の看護を任されてしまいました！

カイザはエリックと陛下の所へ、昨夜の話をするために行ってしまいました。イクスは部屋の外で待機中です。

部屋には私とルイード皇子の二人きりなのですが……皇子が布団を被ったまま出てきません。

昔のアニメでよく見た、子どもが布団被って丸くなっている姿を初めて生で見ました。

一人にしろ。声をかけるな。

と命令を受けている王宮のメイド達が、皇子に何も言わず私をこの部屋に放置して行ってしまいました。皇子は私がいることにも気づいていないでしょう。

え。これ、私どうしたらいいの？

まず、皇子の専属メイドさんから聞いた話によりますと……皇子の身体から毒が検出されたことに大きなショックを受けて、この状態になってしまったそうです。

ご飯も食べない、口も聞かない、でほとほと困り果ててるところに私がやって来たというわけです。

目の輝いたメイド達に、「よろしくお願いします！」って任されてしまいました。どうやら期待されてるみたいですね。

…………いや！！！　私にも何もできませんけど!?

私だって昨日久々に会話した程度の仲なのに、一体どうしろと!? 慰められる自信なんてないわ!

うーーーん。とりあえず、皇子は今どんな心境なのかしら? 悲しんでる? 怒ってる?

はぁ……。部屋に入ってからしばらく入口で立ち尽くしていたけど、このままじゃダメよね。

私はベッドに近づき、ルイード皇子に声をかけた。部屋に入ってきたものの、まだ声すらかけていなかったのだ。

「ルイード様。リディア・コーディアスでございます。ご体調はいかがでしょうか……」

言い終わるかどうかのタイミングで、布団がガバッとめくり上げられルイード皇子が起き上がった。

頭がボサボサになっているけれど、相変わらず幼い子どものようで可愛い姿だ。

え!? 普通に起きたけど!? 声かけても無視するって話だったのに……。

クリッと大きな瞳は、少し不安そうな色を滲ませながらも私を見つめた。

だがその目の下にはクマができていて、昨日よりも疲れたような顔をしている。昨夜から食事を取っていないというのも原因かもしれない。

服は恐らく寝巻きのままだ。薄着だと、皇子が痩せ細っているのがよくわかった。

皇子の声は少し震えていた。目にも少しだけ涙が浮かんでいるかのようにも見える。

まるで助けを求めるかのようなその弱々しい声に、胸がぎゅっとなった。

「リディア……」

……そうか。ルイード皇子は不安だったんだわ。突然自分が何年も前から毒を飲んでいた事実を知って……。

誰が毒を盛ったのかもわからない状態だし、周りの人達を信じられなくなっていたのね。

メイド達に顔を見せなかったのも、敵か味方かわからないから……。だから陛下は私に皇子のことを頼んできたんだわ。

捨てられた子犬のような姿のルイード皇子。こんな私にも微かにある母性本能が疼いちゃうわ。

私は震えていた皇子の手をそっと握った。

「大丈夫です。ルイード皇子。私はあなたの味方です。それに……毒が完全に抜けたら、身体も治りますよ。だからお食事を召し上がってください。今運ばせますから」

「い、嫌だ……。また毒が入ってるかもしれない……」

皇子は首を振って嫌がった。

毒が発覚したのだから、調理だって相当気を使って厳重警備の中作っているに違いない。

もう安心だと思うけれど……不安に思ってしまうのも仕方ないよね。

「今はしっかり警備された中で作ってるはずですから、大丈夫ですよ」

「だが……」

皇子はまだ決心がつかないようだったが、このまま何も飲まず食わずでいられるわけがない。

私は皇子の返事を聞かず、部屋の外で待機しているメイド達に食事の準備をお願いした。

ご飯をしっかり食べて解毒薬飲まなきゃ、治るものも治らないわ!! 無理やりにでも食べさせないと!

不安そうな顔をしているルイード皇子を横目に、用意された食事の中からスープを手に取る。ス

プーンにすくい、ふーふーと少し冷ましてから、

「はい！　あーーーん」

皇子の口に向かってスプーンを差し出した。

「え……えぇぇ⁉」

少したじろぐ皇子。顔は真っ赤になっている。

あれ？　これ……この世界ではやっちゃいけないこと？　そんなことないわよね？

「ほら！　お口を開けてくださいませ！　あーーーん！」

ずいっと顔を近づけて威圧すると、ルイード皇子は慌てて口を開けてスプーンを咥えた。

ぱくっ。

よし！　食べたわね！　看護といえば、これでしょう！

得意気になった私は、それからもサラダやお肉などを皇子の口に運んでいった。最後に解毒薬を飲ませたら完了だ！

空になったお皿を下げるようメイド達に伝えると、みんな泣きながらお礼を言ってきた。

ご飯を食べない皇子を心配していたのね。

口々に「さすがルイード様の婚約者様」って言われている気がするけど……そこはスルーさせていただくわ。

王族との結婚なんて、冗談じゃない。ルイード皇子が健康になれば侯爵令嬢とは結婚なんてしないはず……。

皇子が元気になったら婚約解消になるはずだもの。


「エリックお兄様！」

「リディア。ルイード皇子の様子はどうだ？」

「ちゃんとお食事も召し上がってくださいました。今は解毒薬を飲んで、ゆっくり休まれています」

王宮の応接室でエリックに会い、思わず嬉しくて抱きついてしまった。

エリックは嫌がることもなく、私の頭を撫でながらルイード皇子のことを聞いてきた。

きっと、私がちゃんと対応できたのか気になっていたんだろうな……。

エリックは昨夜からずっと王宮にいて、陛下やその側近の方々とルイード皇子の毒について話し合っていたらしい。なんと、すでに疑惑としてレクイム公爵の名前が上がっていたそうだ。

さすが陛下ね……。レクイム公爵の裏の顔になんとなく気づいていたんだわ。

いくら陛下と言えども、古くから格式のある貴族を理由もなしに失脚させることはできない。今回の件は陛下にとってもレクイム公爵家を失脚させるチャンスなのね……。

ずっと怪しく思っていた貴族の悪事が少しずつ手に入ってきたのだ。このチャンスを逃すようなことはしないだろう。

「リディアが今朝カイザに伝えた、レクイム公爵家の裏家業の証拠がどんどん集まってきているんだ。本当にすごい。これだけの証拠があれば、公爵家失脚もすぐそこだ。陛下もとても感心していたよ」

「お役に立てて嬉しいです」

あまり私に期待されすぎても困るんだけどね。もうこれ以上、王家に得になるような情報を夢に見ることもないだろうし……。

「神様の声がー……」って言うのだって、中身アラサーには精神的にキツいし。

「それから今日から数日間は、俺やカイザと一緒にリディアも王宮で暮らすことになった」

「え⁉」

しばらく王宮で暮らす⁉

「またレクイム公爵がお前を狙ってくる可能性があるからな。全部終わるまでは、ここにいたほうが安全だろう」

「わかりました……」

そっか……。確かに、レクイム公爵がそんなにすぐ諦めるとは思えない。昨夜よりも多く強い暗殺者を送ってこられたら、うちでは荷が重いわね。王宮で守ってもらえるほうが安全だわ。

エリックは薄いグリーンの瞳を細めて笑いかけてくれた。まだまだ無表情に近いけど、口角が少しだけ上がっているし目も優しい。

「俺はまた戻らないと。もっと決定的な証拠を集めないといけないからな。お前は王宮にいる間、イクスから離れるなよ」

突然名前を呼ばれて、部屋の壁際に立っていたイクスがピシッと姿勢を正していた。

エリックはイクスに何か目配せをすると、そのまま部屋から出て行った。

エリックは後姿からもイケメンオーラが出ている。スタイルがいいからかしら？　エリックのような見た目の青年が王宮を歩いていたら、それこそ王子様みたいだわ……なんて呑気なことを考えてしまった。

その後私は王宮のメイドに案内されて、しばらく私が過ごすことになる客室に連れて行かれた。

ピンク色のとても華やかで可愛い部屋。ベッドカバーやソファまでも、レースやフリルたっぷりで……まるでお姫様のために用意されたような部屋だ。

可愛い……!! でも……。

私は部屋の隅にある扉に目を向けた。あれは隣の部屋と行き来できるためのドアだ。

隣の部屋って、ルイード皇子の部屋ですよね？

これは……客室というよりも、ルイード皇子の婚約者……いや。奥さんのための部屋なのでは!?

「あの……この部屋は……まだ私が使ってはいけないお部屋なのでは？」

「大丈夫です！ 陛下からの指示ですので！ ぜひリディア様にはこちらのお部屋を使っていただきたいのです」

メイド達は目に見えてわかるほどにウキウキしている。

ルイード皇子の体調が回復するかもしれない期待と合わせて、私との仲もどうにか進展させたいという思いがひしひしと伝わってくる。

あ。やべ。白目剥きそうになったわ。

おい陛下ぁぁーー!! まだ未婚の男女を繋がった部屋に泊まらせて何を期待してるんだよ!!

私と同じくらい微妙な……いや。しかめっ面と言ったほうが合ってるかな。とても不満そうな顔のイクスを見て、素直にそんな顔ができるイクスを羨ましく思った。

目の前に並べられた美味しそうなたくさんのケーキやクッキー。そして良い香りのする紅茶。

普段なら幸せいっぱいの顔で過ごしているであろう、おやつタイムなのに……ついため息が出てしまう私。

「はぁ……」

王宮にしばらく滞在することになったのはいいとして……なんで皇子との繋ぎ部屋なのよ!? ここは、ルイード皇子と結婚した女性が住むべき部屋なんじゃないの?

ニヤニヤ&キラキラしながら私を期待の目で見つめてきたメイド達の顔が浮かぶ。

しかもこの部屋の可愛さったら!! 天使のリディアに似合いすぎているわ! まさか私に合わせてこの家具を揃えたわけじゃないわよね?

もしそうなら、重い!! 重すぎる!! そのうち婚約解消する立場として、こんなの重いっつーの!!

「はぁぁぁーー……」

今はイクスと二人きりなので、ついつい素でため息をついてしまった。

「大きいため息ですね」

そう言ってるイクスも、私に負けないくらいの大きなため息をついてるけど?

イクスもメイド達の態度に不満そうだった。この部屋に案内されてからずっとイライラしているみたい。

「ここのメイド達はみんな私とルイード様がうまくいくことを願っているのね」

美味しそうな苺のタルトをぱくっと一口食べる。甘いクリームが口の中で広がって、疲れた心を少し癒やしてくれた。

「……それはそうでしょう。リディア様はルイード様の婚約者なのですから」

少し不機嫌そうな声で、うつむきながらイクスが言った。

ん？？　イクスも、私とルイード皇子が結婚すると思ってる？？

「婚約者なのは今だけよ。ルイード様が病弱だったから、私と婚約していたのよ。そうでなければ皇子が侯爵家と婚約なんてしないわよ。これでルイード様が健康になったら、私とは婚約解消して……正式にどこかの国のお姫様か公爵家の令嬢と婚約するはずよ」

私の言葉を聞いて、イクスが顔を上げた。

驚いた顔には、嬉しいような……納得いかないような……複雑な表情を浮かべている。

「そ、そんな。リディア様を利用するだけ利用して、勝手に婚約解消なんて……。いや、でもそのほうがいいんだけど……でも、そんな扱いを受けるのも……」

何やらブツブツ言っている。

婚約解消される私のことを不憫に思ってるのかしら？

「安心して。イクス。私は別にルイード様をお慕いしてはいないわ。婚約解消されても悲しくない……というより、むしろ嬉しいくらいよ！　王宮に嫁ぐなんてごめんだわ！」

きっぱりハッキリと言った私を見て、イクスは一瞬目を丸くしていたが……すぐにクスッと笑った。

「リディア様らしいですね」

イクスも兄達に負けず劣らずのイケメンだ。おおおイケメンの笑顔の破壊力よ……！！！

思わずケーキを落としそうになったわ。

こんなイケメン達から愛を囁かれ続けた主人公って、鋼の心臓をしているのかしら？　私だったらすぐに鼻血出して倒れそう……。

残りのケーキを食べ終わった頃、メイドがやって来た。

「リディア様。ルイード様がお目覚めになりました」

……だから何よ？　私は彼の専属看護師じゃないのよ？

そんな言葉を飲み込み、私は席を立ち部屋にあるドアの前に立った。そしてノックをして皇子へ声をかける。

「ルイード様。リディアでございます」

「えっ？」

部屋の向こう側で驚いている皇子の声がする。

ルイード皇子は幼くて純粋で、本当に可愛いのよね。

メイド達の視線は嫌だし、結婚する気なんて全くないけど……ルイード皇子のことは嫌いじゃない。

笑いを堪えながら、「失礼します」と言って皇子の部屋と繋がったドアを開ける。

皇子はベッドに座って水を飲んでいたところだった。

このドアを使って私が入ってきたことで、皇子は色々と察したらしい。みるみる顔が真っ赤になっていく。

あらら。おもしろ……っじゃなくて、可愛いわね。

「そ、その部屋は……なぜリディア嬢がそこから……」

「陛下のご命令でリディア様をご案内させていただきました」

慌てている皇子に向かって、皇子専属メイドが説明した。

皇子は「そんな……」と言いながら私から少し視線を外した。顔はまだ真っ赤なままだ。

皇子にとっても、この部屋は特別な人用だとわかっているのね。

私も最初は戸惑ったけど、そんな素直に照れてる皇子の姿を見たらおもしろくなっちゃったわ。

「しばらくこちらでお世話になります。ご迷惑かと思いますが、よろしくお願いいたしますね」

私は天使の笑顔を貼りつけて挨拶をした。

「め、迷惑だなんて……！　こちらこそ……父がすみません……」

皇子と私のやり取りを見て、周りにいるメイド達の目が輝いている。ニヤニヤしていると言ったほうが正しいかな。まるで恋愛ドラマでも観ているような目だ。

もーー!!　その目やめてーー!!

ルイード皇子視点

俺はずっと病弱だった。正確に言うならば、病弱になった。小さい頃は元気に走り回る子どもだったはずだ。

いつからだろう……。走るとすぐに息切れしてしまう、剣の練習もまともにできない、すぐに熱を出しては寝込んでしまう。

ルイード皇子は弱い皇子。いつからかそれが当たり前の認識になっていた。

もちろん王位継承からも外された俺は、気づけば侯爵家の令嬢と婚約させられていた。こんな俺でも一応皇子なのだ。結婚も必要なのだろう。

数回だけ会った彼女は、いつもつまらなそうに俺を見ては冷たい視線を浴びせてきた。キツくて怖いその顔を、俺は見ることができなかった。

ところが久々に会った彼女は全くの別人になっていた。

違う意味で目を合わせられないほどの見た目の美しさもそうだが……温かい雰囲気になっていた。

一緒にいるのが苦痛ではない。どこか恥ずかしくて気まずい気持ちはあるが、嫌ではない。

彼女は神の声が聞こえるらしい。それにより、俺の病気が毒によるものだということに気づいた。

すごくショックだった。

ずっと周りから馬鹿にされて蔑まれてきたのは、病気のせいじゃなかった。

俺自身のせいじゃなかったのだ。誰かの企みだったのだ！

悔しい！　悔しい！　悔しい！

ガリガリに痩せ細った身体も、体力のなさも、全部毒のせいだった！　今まで自由に動けなかったのも、こんなに情けない男になってしまったのも……。

今までに感じたことのないドス黒い感情に、心がついていかない。

誰にも会いたくない。誰も信用できない。

そんな俺にまた手を差し伸べてくれたのは彼女だった。

少し強引に。でも優しく、俺に寄り添ってくれる。自分は味方だと……言ってくれた。彼女といるだけで温かい気持ちになれる。

だが彼女の綺麗な薄いブルーの瞳に見つめられると、心臓が激しく動く。

一緒にいると、落ち着くのに落ち着かない。この不思議な感情はなんだろう……？


彼女はしばらく俺の隣の部屋に滞在することになったらしい。

隣の部屋は、俺の妻のためにと用意された部屋だったはずだ。廊下に出ることなく、部屋を行き来できるようになっている。

その部屋に、彼女が滞在する!?

一気に心臓が早鐘を打つ。

いくら婚約者とはいえ、ありえないだろ！　まだけっ…結婚していないのにっ！

陛下の命令だと言うが、メイド達の様子を見る限り全員一致での意見だったに違いない。

この状態を、彼女はどう思っているんだ!?

拒絶しているのでは……と心配になり、彼女の顔色を窺ってみるが明るい笑顔が返ってきただけだった。嫌ではないのか……？

安堵の気持ちと同時に、緊張してくる。そして落ち込んだ。

彼女は全く気にしていないようだ……。俺に対していつも余裕な態度をしている気がする。

……俺がこんなだからだろうか？

彼女より一つ年上だというのに、見た目はまるで俺のほうが年下に見える。

身長もほぼ変わらないし、体型だって痩せ細っている。力も体力もなく、きっと彼女を抱き上げることすらできないだろう。

こんな男に魅力なんてあるわけがない。

解毒薬を一度飲んだだけでも、身体が軽くなったのがわかった。このままいけば、回復も早いかもしれない。

早く回復したい。

そうしたら、すぐに身体を鍛えて男らしい……いや。皇子らしい皇子に！　なれるように努力しよう。

嫌われたくない。彼女に相応しい男になりたい。

目の前で微笑む彼女を見て、俺は心に誓った。

王宮滞在三日目でございます。

私の一日は、バラの花びらたっぷりのお風呂に入ることから始まります。

その後は全身マッサージに顔のパックをして、軽いメイクにヘアアレンジ、真っ白なレースのドレスに着替えて天使リディアの出来上がり。

……ってどんな姫様待遇だよ！！！

やばいやばい!!　こんな生活に慣れちゃったら、だらしない人間になってしまいそう!!

お断りしたいところだが、ルイード皇子の命令だからとメイド達が聞く耳を持たない。このまま本当にルイード皇子の妻にされそうで怖いわ！

この三日間、私は自分の部屋と皇子の部屋を行き来するのみ。王宮内のお庭も、他の部屋も、廊下にすら出るのを禁じられている。

退屈だが、現在絶賛命狙われ週間なのだから仕方ないだろう。我慢するしかない。

食事は常に皇子と一緒に食べているため、支度が終わったら皇子の部屋へ行くのが日課だ。

私に合わせて、皇子は自室で食事を取っていた。

「おはようございます。ルイード様」

ノックをした後、お互いの部屋を繋いでいるドアから部屋へ入る。

いまだに、私を見るたびに頬を赤く染める皇子の可愛いことよ。

この顔が見たいために、メイド達は朝から私の支度を張り切っているのだろう。今も部屋の端で小さくきゃあきゃあ言っているメイド達が目に入ったが、気づかないフリだ。

「お、おはよう……。リディア」

照れながらはにかみ笑顔で挨拶するルイード皇子に、私も一緒になってきゃーーと言ってしまいそうになる。

可愛いすぎるだろぉぉぉ！！！　あなた本当にリディアより年上なの⁉

とりあえず敬語はやめてもらったから、年上感は少し出てる……かな？

なんとか頑張って笑顔を貼り付けたポーカーフェイスでいるが、心の中はアイドルにキャーキャー言ってるただのアラサー女だ。

メイドの皆様には申し訳ないけど、ルイード皇子は私にとって可愛いアイドルなのであって、恋愛対象ではないのよね。どちらかと言うと、イクスのような少しクールな男の子のほうがタイプかなぁ～。

そんなことを考えながらイクスのほうをチラッと見ると、ぱっちり目が合ってしまった。

え⁉　今、私のこと見てた⁉

思わずパッと目をそらす。

イクスは王宮のメイド達とは離れた場所で待機している。メイドの何人かはイクスのことをチラチラと見ている子もいた。

ま、まぁ……私の護衛騎士なんだから、私を見てるのも当たり前か。でもなんだか照れくさい。顔、赤くなってないかな？

皇子と向かい合って座り、朝食を食べる。

この数日で皇子は見違えるほどに回復していた。青白かった顔色はだいぶ健康的な色になったし、何よりご飯をめちゃくちゃ食べるようになった。

解毒薬を飲み、体調が良くなればなるほど皇子の食欲は増してゆく。

この調子でいけば、すぐに標準体重まで増えるんじゃないかしら。

なぜかご飯をバクバク食べながら、時たまイクスのことをチラチラ見ているけど……なんでだろう？？　イクスの体型を目指しているのかしら？？

その割には少し厳しい視線を送っているようにも見えるけど……。

イクスはイクスで、そんな視線に知らんぷりだ。まるで無関心といった態度で、静かに部屋の端に立っている。

……なんなのこの二人？

最近いつもこんな状態だった。


食事が終わり、自分の部屋でまったり紅茶を飲んでいるとエリックが来た。二日ぶりだ。

金髪の髪をなびかせ、めずらしく爽やかな顔をしている。

「リディア。全部終わったよ」

「え？」

エリックが爽やかな笑顔で言った。

全部終わった？？

「レクイム公爵の件ですか？　証拠がたくさん集まったのですか？」

「ああ。それを差し出して、先ほど陛下の前で断罪してやったところだ！　レクイム公爵は皇子暗殺未遂の他にもたくさん悪事をしていたからな。温厚な陛下もさすがに処刑を命じられたよ」

えっ！　そこまでもう終わったってこと!?

早ッ！！！　展開早くない!?

てゆーか、私はその場にいなくていいの!?　「あなたの悪事は全てわかってるのよ！」とか言って決め台詞吐いたりしなくていいの!?

よく見る異世界漫画では、転生したキャラが裁判とかでも活躍してるような……って現実じゃそんなものか。

いくら神の声を聞いたからって、こんな一五歳の令嬢が参加できるわけないわよね。

小説でのレクイム公爵の断罪シーンはかなり悲惨な光景っぽかったし……ちょっと見てみたかったなぁ。まぁ、そんなことエリックには絶対に言えないけどね！

「だからもう家にも帰れるぞ。陛下がぜひお前と食事を……と言ってくださってるから、それが終わったら帰ろう」

エリックがいつものように頭ポンポンしてくれる。

全く……これ、私が妹だからいいものの。普通の令嬢にエリックが頭ポンポンなんてしたら、みんな鼻血出して倒れるレベルの破壊力があるって……わかってるのかしら？

最初は私だって叫び声あげそうになったし。

「はぁ……。やっとあの皇子から離れられるのか……」

私の後ろのほうで、イクスが何やら呟いていたけど……よく聞こえなかった。

「リディア嬢。この度は本当によくやったぞ。今日は思う存分食べていってくれ」

お呼ばれされた昼食の席で、陛下はにこやかにそう挨拶してくれた。

長いテーブルには、陛下とルイード皇子、私と兄二人の計五人しか座っていない。

しかし、目の前には膨大な量のご馳走がズラッと並んでいる。一〇人分はあるのではないか。

たくさん食べているルイードを見て、陛下は嬉しそうに微笑んだ。

「ルイードがこんなにも食べている姿を見たのは、子どもの時以来だな。いやいや。これもみんなリディア嬢のおかげだ！」

「ルイード様が順調に回復されているようで、安心しました」

ご機嫌な陛下はエリックと楽しそうに会話をしている。

エリックの隣に座っているカイザは、会話には一切入らずにご馳走に夢中だ。お肉を夢中でバクバク食べている。

まったく……呑気なものね。この食事会の意味を、全くわかっていないわ。陛下は今ご機嫌だけど、この食事会の意味はきっと婚約解消の話をするためよ!!

ルイード皇子が元気に回復したのだから、もう侯爵家と結婚する理由はない。違う国の姫なり、力のある公爵家なり、ルイード皇子に相応しい相手はたくさんいる。

なかなかその話を切り出さないのは、陛下がお優しいからよね。きっと私に罪悪感を感じてくださっているんだわ。

ここは、私から切り出すべきなのかしら？

どうしようか悩みながら食事を進めていると、陛下が突然私に話を振った。

「リディア嬢。何か望んでいることはないかね？　今回の功績の褒賞として、できるだけ叶えてやろう」

にこにこ話す陛下。エリックやカイザも、少し誇らしげな顔で私を見た。

ルイード皇子の視線も私に向けられた。

褒賞……？　はっ!!　そうか！　これは私から言えっていうことね！

わかったわ！　今は一五歳の美少女だけど、心は元社会人のアラサー女。上司からの遠回しな命令を察するくらい簡単よ！　任せて!!

私は食事をする手を止め、背筋を伸ばし、堂々たる態度で陛下に言った。

「では……私、リディア・コーディアスは……ルイード様との婚約解消を望みますわ」


しーーーーーーーーん。


…………ん？　あれ？？　な、なんでこんなに静まり返ってるの？

あらやだ。陛下ったら……口が開いたままになってますけど？

えっ!?　ルイード皇子は顔が真っ青!!　食べ過ぎて体調が悪くなったのかしら？

持ってるカップからコーヒーが溢れているけど……ちょっとメイド達⁉　早く拭かなくていいの⁉

……ってメイド達も石にされたのかってくらい、誰もピクリとも動かない状態で私を見てるわね？？　一体みんなどうしたの！？！？

エリックとカイザは、なんとも言えないような複雑そうな顔をして、私とルイード皇子を交互に見ている。

部屋の隅に立っているイクスは肩が震えているように見えるんだけど……まさか笑ってる？

「あ、あの……」

「それは……」

真っ青な顔のルイード皇子がゆっくり立ち上がった。

皇子の前のテーブルはコーヒーでびしょ濡れだが、本人もメイド達もそれに気づいていないようだ。

皇子は可愛い顔でキッと私を見ると、悲しそうに声をあげた。

「それは、俺のことが嫌だから……なのか？」

「えぇっ⁉」

「そうだぞ‼　リディア嬢。ルイードの何が不満なのだ？」

陛下までもが納得のいかないような顔で訴えてくる。

えぇーーーー⁉　あれ？　なんで⁉　婚約解消を望んでるのは、そっちじゃないの？　なぜか王宮側の人達から非難の目で見られてるんだけど⁉

ルイード皇子は捨てられた子犬みたいな顔してるし、なんなの⁉　私、悪者みたいじゃない‼

「あの。ルイード様が嫌とか、不満とか、そういうことではなくて……。私は侯爵家の娘です。お元気になったルイード様の妻には相応しくありませんわ。ルイード様には他に、他国の姫などがお似合い……」

「そんなの関係ない！　俺は他の女性と結婚など……するつもりはない」

キッパリと言うルイード皇子に、メイド達から小さな歓声があがった。

ええー！ー！？　そんなこと言ったって、王族なんだから！！　結婚だって政略的な色々うんぬんが必要よね！？　ね！？　陛下！？

陛下のほうに視線を移す。

「そうだぞ。リディア嬢。家柄なんて関係ない。そなたは十分に立派なレディであるし、これだけルイードも望んでいるのだ。反対などするものか」

えええええー！ー！ー！？　陛下、お前もか！！　なんなのこの国！？　色々緩くない！？

ていうか、ちょっと待って……。婚約解消……しないの？

いや。無理無理無理無理。王宮に嫁ぐなんて嫌ーー！！

暴れまくる心の中は一切表情には出さず、あくまでも冷静な態度のまま話を続ける。

私、こんなにポーカーフェイスが上手かったのね。

「そう言っていただけて、本当に恐縮ですわ。ですが、私にはやはり荷が重いのです……。ずっとこんな悲観的な考えを持ったまま、生きたくはないのです」

少し目に涙を浮かべさせ……たいところだが、ちくしょう。涙が出てこないわ。できるだけ悲しそうな顔でもしておこう。

美少女の悲しそうな顔はかなりポイントが高いらしく、陛下も少し戸惑っていた。

エリックも「本人がこう言っているので……」と私の味方をしてくれている。

よし!! もう少し!!

その時ルイード皇子が口を開いた。

「もう少しだけ……もう少しだけ時間をくれないか？ リディアがそんな心配をしなくても大丈夫なように、俺がなんとかするから」

リディアに負けず劣らずの、ウルウル子犬戦法だぁーー!! ただでさえ可愛いワンコ系男子なのに、瞳ウルウルで訴えてくるなんて卑怯だぞ!!

だめだ可哀想！ 断れない!!

みんなが私に視線を向ける。

「わ、わかりました……。もう少しだけ……」

負けた。くそぅ。

喜ぶルイード皇子やメイド達の輝かしいことよ……。

私側ときたら、隣にいる兄達からは小さなため息が聞こえてくるし、イクスからは呆れたような視線が突き刺さってくる。

あぁ……とりあえず早く帰りたい。

「はぁーー!! 疲れた!!」

ふかふかのベッドに思いっきりダイブする。部屋には私一人だけなので、人の目を気にする必要もない。

外はもう真っ暗。帰宅してからすでに五時間は経っているが、今やっと一人になれたところなのだ。お風呂も済んで、あとは寝るだけの状態。

現世だったら漫画でも読みながらお酒とおつまみを楽しんでるところね！

でもここには漫画もないし、まだ一五歳の私はお酒も飲ませてもらえない。テレビもゲームもないし……。

つまらないから寝てしまいたいところだけど、なぜかそんな時に限って目がパッチリ覚めちゃって眠れないのよね。

ベッドに仰向けになって、今日の出来事を思い返してみる。

王宮からの帰り道、同じ馬車に乗っていたエリックから「なんで婚約解消したいんだ？」と詰め寄られてしまった。

「処刑エンドになりたくないから、できるだけ目立たず生きていきたいの！」なんて言えるはずもなく……。

どう答えていいのか困っていたら、まさかのカイザが助け舟を出してくれた。

「理由なんてどうでもいいだろ！ とにかくリディアはルイード皇子とは結婚したくないんだろ？ だったらしなきゃいいだけじゃねーか」

と、あっけらかんと言ってくれた。その言葉に、エリックも
「リディアの考えが聞きたかっただけだ。婚約解消については、俺も反対はしない」

と言い返していた。

正直ビックリよ!! だって、王宮に妹が入ればコーディアス侯爵家にとっても悪い話じゃないじゃない？

「婚約解消なんてするなー！」って言われるかと思ったのに……。

二人とも、「まだ結婚なんて考えなくていいだろ」とか「婚約者とかいらねぇだろ」とかブツブツ言ってたくらいよ。

政略結婚が当たり前な世界なのに、それをしようとしない兄達……ちょっと素敵じゃない？

思わずニヤニヤしてしまった私を見て、エリックは優しく微笑んでくれて……カイザは「何ニヤついてんだよ」って言いながらおでこをコツンとデコピンしてきた。

デコピンは痛かったけど。でも、それでも温かい空気だった。家族……って感じがして、すごく幸せだったな。

「ふふふ……。主人公が出てくるまであと二年……。良い調子なんじゃないの〜これ！」

このままもっともっと家族の絆を深めていけば、処刑エンドは絶対にありえなくなるはず！

私は満たされた気持ちのまま眠りについた。

この時の私は、小説の『見えていない部分』のことにまで考えが及んでなかったのだ。

今がまさに嵐の前の静けさであったことに、気づいていなかったのだ。

五章
主人公の登場!?

episode.05

Akuyakureeijyo ni tensei shitahazuga shujinkou yorimo dekiai sareteru mitaidesu

翌朝。エリックとカイザと朝食をとっていると、執事のアースが入ってきた。

アースはエリックの所に行き、何やらボソボソと耳打ちしている。アースからの言葉を聞き、エリックの顔が少し歪んだ。

何かあったのかしら？

「今日は忙しい。ずっと王宮にいて、仕事が滞っているからな。明日も無理だろう。三日後。そして少しの時間であれば大丈夫だと先方に伝えてくれ」

「かしこまりました」

アースはすぐに部屋から出て行った。

エリックは少し気怠そうにして、フォークをテーブルに置いた。もう食事はおしまいらしい。

ほとんど食べてないじゃない。食欲がなくなっちゃったの？　そんなにも会いたくない人から、会おうと言われているのかしら？

気になるけどなんとなく聞けない雰囲気……。

自分の部屋に戻ってから、私はメイに聞いてみることにした。

「ねぇ、メイ。さっきアースがエリックお兄様に言ってた相手って誰なのかしら？　エリックお兄様に苦手な方でもいるの？」

私に質問されて、メイは周りをキョロキョロする。今は私とメイとイクスの三人しかいないのに。

そんなに聞かれたらやばいこと⁇

「サラ・ヴィクトル様です」

メイは改めて他に誰もいないことを確認し、少し小さめの声で言った。

サラ・ヴィクトル？　女？

意外な答えに驚く。

え？　面倒くさいご貴族様のジジイとかじゃなくて、女を呼ぶのをあんなに嫌がっていたの？　何か特別な女なのかな……？

…………。…………ん？　サラ・ヴィクトル……？

それって、主人公の名前じゃない！？！？　そうよ!!　サラって名前だったわ!!

この世界に来てからずっと『主人公』って呼んでたから名前を忘れてた!!

え！　な、なんでこのタイミングで主人公が出てくるわけ!?　結婚まであと二年あるはずなのに！

……結婚まで……あっ!!

「メ、メイ!!　その……サラ様って、もしかしてエリックお兄様の婚約者？」

「？？　はい。そうですが……」

そうか!!　たしかに、貴族がいきなり結婚はしないわよね!?　婚約者としての期間があるはずだわ！

小説が二人の結婚からのスタートだったから、すっかり失念してた！　結婚前にも関わりがあったんだわ……。

で、でも……小説では、まるで二人は初対面のようだったのに。

「でもめずらしいですね。サラ様がエリック様に会いたいと打診されるなんて」

「そうなんですよ。私も不思議で……。今までは全くお会いしたりなんかしなかったのに。実は、エリック様が王宮に行かれている間に何度もいらっしゃったんです」

「へぇ……。急にどうしたんだろうな」

イクスとメイの会話が聞こえてくる。

今までは全く会ってなかった!? 急にたくさん訪ねてくるようになった!?

どういうこと……? もしかして、私が小説の内容を変えちゃってるから……主人公にも何か変化が起きてしまったのかしら?

もし主人公とエリックの結婚が早まったら、私のエンドもどうなるかわからないわ!! どうしよう!!

「あっ! イクス! イクスは……その……サラ様にお会いしたことはあるの?」

「いいえ。ないです。お名前だけは聞いたことがありますが」

「そう……」

イクスは会ったことないのね。

そりゃそうか! たしかイクスは主人公に一目惚れするはずだもの。二年後に初めて会う予定なのよね。

……でももし今会ったら、イクスの恋はもう始まってしまうってこと??

そんなの困る!! まだイクスとの信頼関係を深く築けていないのに! まだ私の味方でいてほしいのに……。

カイザだって……左腕怪我のフラグは解消できたけど、それでも主人公を好きにならないとは言い切れないし……。

今の時点で、お兄様二人とイクスが主人公に恋しちゃったら……私の居場所はなくなっちゃうし、処刑エンドの可能性が復活しちゃうかも……。

あーーーーどうしようーーーー!!

…………。

……これはもう、家出するしかなくない？

最初は家出する気だったし！　すっかり貴族の生活に慣れちゃったから、平民として生きていけるのか不安もあるけど……処刑エンドよりはマシでしょ!!

よし!!　家出しよう!!

そんな決意をした時、窓から外を眺めていたメイが声をあげた。

「あらっ!?　あれ……サラ様だわ！　やだ。きちんと従者にお断りを伝えたはずなのに、勝手に来てしまったみたいです！」

なんだと!?

慌てて窓から下を覗くと、馬車から降りてきた女性が目に入った。遠目で顔はちゃんと見えないけど、ふわふわの長い栗毛が風になびいている。

ふわふわ栗毛！　間違いない！　主人公だ！

え!?　来たの!?　今!?　主人公がこの屋敷に!?

「きっと、従者からエリック様が王宮から戻って来たことを聞いたのですわ！　不在の時も、本当に不在なのか……って何度か訪ねて来たことがあって」

メイが少し憤慨している様子で言った。イクスは呆れたように外を見ている。

「随分と変わりましたね。そのようなこと、今までされたことないのに」

イクスーー!!　そんな主人公に、一目惚れするのよあなたは!!　って、そんな心のツッコミしている場合じゃない！

どうしよう!!　逃げなきゃ!!

この時の私は、軽くパニックになっていた。逃げてもどうにもならないのに、頭の中はとにかく逃げろ!!　ということしか考えていなかった。

ドレスのスカート部分をバッと持ち上げ、何も言わずに走り出したのだ。

突然走って部屋から飛び出していった私に向かって、メイとイクスが叫んでいる。

「リディアお嬢様!?」

「リディア様!!」

悪いけど、今忙しいのーー!!　説明してる時間なんてないのよ！

とにかくエリックのいる場所……主人公が向かいそうな場所から離れないと!!

まだ主人公に会いたくないのーー!!

名前を呼ばれても止まらずに走り続ける。イクスが後ろから追いかけてきてるのがわかる。

もーーこんな全力疾走、一〇年ぶりなんですけど！

私は半泣き状態のまま、わけもわからず走り続けた。

✤イクス視点

リディア様の様子がおかしい。

せっかくあの忌々しい王宮から帰ってきたというのに……。

王宮での生活は本当に最悪だった。

まだ婚約者の立場（それすらも微妙だが）だというのに、あろうことかリディア様の部屋はルイード皇子の繋ぎ部屋だった。

王宮の連中は一体何を考えてやがる!?

滞在中、皇子の世話はリディア様がしていた。そんなのはメイドの仕事だろうが！　ふざけやがって。

恐らく俺の不満な態度は皇子に伝わっていただろう。

皇子はよく俺を睨みつけては飯をたくさん食っていた。

何を対抗しているのか知らないが、こっちはたとえ仮でも婚約者の立場になれるお前のほうが羨ましいんだ。

そんなイライラしていた王宮滞在もやっと終わり、平和になったかと思っていたのだが……。

俺はなぜか今リディア様と庭に隠れている。

ここは庭師が毎日丁寧に世話している花がたくさんある、とてもキレイな場所だ。たまに散歩で通るくらいで、長時間いたことはない。

つい先ほど、メイと話していたリディア様が突然部屋を飛び出していったので、慌てて追ってきたらここに隠れだしたのだ。

一体どうしたんだ？

「リディア様。どうされたのですか？　突然……」

リディア様はうつむいてゼーゼーしていた。全力ダッシュしたので、疲れたのだろう。息が整ってきたと思ったら、突然顔を上げて俺の腕をガシッと掴んだ。

「イクス!!　家出するわよ!!」

「は　い？」

家出？　突然何を言い出したんだ？

俺を見上げているリディア様は、まだ走った余韻が残っているのか顔が火照って赤くなっている。軽く汗をかいていて、何事かわからないが真剣な表情だ。

こんな姿も可愛いな……。

思わずふっと小さく笑うと、リディア様にジロっと睨まれてしまった。

「笑ってる場合じゃないのよ！　早く！　とにかく今すぐ家から出るわよ！」

「家を出るにはエリック様の許可が必要です」

「もぉーーー！　今はそんな時間ないんだってばー！」

リディア様は何をそんなに急いでいるんだ？

不可解な行動をただ見ているしかできない。彼女は周りをキョロキョロして、何かを警戒しているようだ。

一体どうしたのだろう……。何がそんなにリディア様を怯えさせているのか。

その時、背後に人の気配がしたと思ったら誰かに声をかけられた。

「あのー……そこで何をしているんですか？」

振り返ると、先ほど窓から見た栗毛色の髪の女性が立っていた。

エリック様の婚約者、サラ様だ。

なぜここに？　屋敷の入口とは離れているのに。

「すみません。貴方が走っているのが見えて、つい追いかけて来てしまったんです。貴方……もしかして、騎士のイクス卿では？」

「はい。そうですが……」

なぜサラ様が俺の名前を知っている？　会ったことなどないはずだし、俺はまだ若手の騎士なので有名でもない。

それに、見かけたからといってなぜ追いかけてくる？

サラ様はふわふわした髪の毛と同じ栗色のパッチリした瞳で見つめてきた。リディア様と比べると素朴だが、とても綺麗な方だ。

一見おっとりした優しさを感じるような見た目だが、雰囲気がどこかおかしい。今も俺のことを上

から下までジロジロ見ては、にや～と薄気味悪い笑みを浮かべている。

エリック様には申し訳ないが、とても気持ち悪い。

なんだこの女。まるで少し前のリディア様のようで、鳥肌が立ったじゃねーか。

自分の後ろにいるリディア様の様子を窺うと、顔が真っ青になって震えている。リディア様はいつの間にか俺の背中にピタッとくっつき、サラ様から見えないように隠れていた。

なんだ？　もしかして、リディア様が逃げていた相手は……サラ様なのか？　リディア様がこれほど怯えるなんて、この女はリディア様に何をしたんだ⁉

俺の中でサラ様に対する嫌悪感がどんどん増していく。

「ふふ。やっぱり本物は素敵ですねぇ。ところで……後ろに隠れているのはどなた？　イクス卿にそんなにベッタリくっついて……」

サラ様の声が後半になるにつれて低くなり、思わずゾッとしてしまう。後ろでリディア様がビクッと怯えたのがわかった。

どうしたらいいのか。リディア様は、きっとサラ様には会いたくないのだ。できることならこのまま去ってほしい。

だが……ただの騎士の俺が、侯爵家当主の婚約者に意見を言えるはずもない。

リディア様……。

リディア様の様子を窺うと、彼女は俺の背中から出てきてサラ様と顔を合わせた。不思議と今はきちんと笑顔を浮かべて堂々としている。

「はじめまして。コーディアス家長女、リディア・コーディアスでございます」

リディア様の挨拶を聞いて、サラ様は大きく口を開けたまま放心していた。

何をそんなに驚いているのだろう。

その間抜けな顔を見て、吹き出しそうになったのはバレていないはず。


ウソでしょウソでしょ〜!! なんでここに主人公が現れるわけ!?

屋敷入口から離れた場所に来たはずなのに、なぜか主人公が現れましたぁ!!

今はまだ主人公の視線はイクスしか見ていないみたいだから、このまま逃げちゃおうかな? でも、それに気づいたイクスに名前を呼ばれたりしたらおしまいだわ。

ここは……イクスの後ろに隠れて、存在感を消しておこう。喪女だった私はね、存在感消すの上手なんだから!

イクスの背中にピタリとくっつく。主人公と会話していて、イクスは気づいていない。

ふふっ。元喪女の隠密スキル、舐めるなよ!

それにしても、この主人公……何かおかしくない? なんでまだ会ったことのないイクスの名前を知っているんだろう? しかも、わざわざ追いかけてきたって……なんで?

小説の主人公は、優しくて温かくてみんなを包み込んでしまうような……そんな女性だったはずだ。

リディアの派手な見た目・行動にゲンナリしてた男達は、主人公の素朴な可愛さに惹かれたのだ。

自分から初対面の男を追いかけてくるタイプじゃなかったはずだけど……。

私の行動のせいで……話の流れだけでなく、キャラの性格までも変えてしまったのかしら!?　話し方もなんだか……ぶりっこみたいな……。

「ところで……後ろに隠れているのはどなた？　イクス卿にそんなにベッタリくっついて……」

甘く、わざとらしく高くしていたような声から一転。ゾッとするような低い声に、思わずビクーッと震え上がった。

こわっ！！！

な、何!?　ぶりっこって心の中で言ったのが聞こえたの!?　ひぃぃーーー。

てゆーか見つかってるし!!　だよね!?　ドレス全然隠れてないもんね!?

こんなんじゃ本気で隠れられないって、ちゃんとわかってるから！　だからイクス！　その哀れな視線送ってこないで！

はぁ……。仕方ない……。

ここで無視したら私が主人公を虐めてるって思われちゃうかもしれないし、ちゃんと挨拶しなきゃ……。

イクスから離れて、主人公の前に立つ。

うわ……これが主人公、サラか！　確かに素朴で愛らしい顔しているけど……リディアのほうが全然美少女ね！

悪役令嬢だと思われないように、しっかり笑顔を作って……。

にこっ！

とびっきりの笑顔を向けると、サラは少したじろいでいた。リディアの美しさが眩しすぎちゃったかな？

「はじめまして。コーディアス家長女、リディア・コーディアスでございます」

ドレスの裾を持ち、ペコリと令嬢らしいお辞儀をする。

しーーーーーん。

ん？？　返事なし？

顔を上げてサラを見ると、カバのように口を開けてこちらを見ている。

まぁ。なんて間抜けな顔なの。いいの？　主人公がそんな顔していいの？

私の横でイクスが微かにプルプル震えているけど……これ絶対笑い堪えてるわね。

「リディア……？　って、エリック様の妹の……？」

「はい。エリックお兄様の妹のリディアです」

「ウソよ!!」

え？　ウソ？　何が？？

突然否定されて、イクスと顔を合わせる。ウソなんて何も言っていないけど？？

サラの顔も、真剣そのものだ。むしろ少し青ざめているようにも見える。

「だって、悪役令嬢のリディアはもっとキツい顔をして、だっさい縦ロールの髪型してるはずだもの！」

「サラ様！」

さすがにリディアへの暴言を聞き流せなかったのか、イクスが止めに入った。

イクスに名前を呼ばれたサラは、「あっ」と言って口をつぐんだが私のことをずっとジロジロ見ている。

私は、『キツい顔』や『だっさい縦ロール』よりも気になる言葉があった。

今……『悪役令嬢』って言ったよね？

たしかにリディアは悪役令嬢だけど、それは小説の中の呼び名というか……設定で、実際にこの世界で悪役令嬢と呼ばれていたわけではない。

なのに今、サラは私のことを『悪役令嬢のリディア』って言った……。

会ったこともないのにイクスの名前を知っていたり、私のことを『悪役令嬢』って呼んだりする。

もしかしてこの主人公……私と同じ転生者なんじゃないの⁉

しばらく無言のまま見つめ合う私とサラ。

サラは一瞬イクスのほうをチラッと見ると、姿勢を正して謝ってきた。

「リディア様。先ほどは失礼なことを言ってしまい、すみませんでした」

「えっ？　あ……いいえ。大丈夫です」

サラには笑顔が戻っていた。こうして見ると、小説の主人公のイメージそのままだ。

先ほどの暴言と低い声は、気のせいだったのかな？

「エリック様にお会いしたかったのですが、お断りされてしまって……。せめてご挨拶だけでもしたくて、勝手に来てしまったんです」

ぶわぁっ……と、漫画なら彼女の周りに花が舞っていたことだろう。

言っていることはただの迷惑発言極まりないが、彼女が言うとこんなにも健気なオーラを出せるものなのか。

これが主人公パワーか!! すごいな！ 主人公って！

サラから出る花の舞（空想）は、目の前にいるイクスに満遍なく降り注いでいる。まるで男女が恋に落ちる漫画のワンシーンのようだ。

あっ!! もしかして、これでイクスはサラに一目惚れしちゃったんじゃないかしら!? そういえば一目惚れする設定だったわね！

二年早いけど、出会ってしまったのだからイクスの恋はスタートしてしまうのだろう。

一目惚れ……って、どんな表情してるのかしら。照れてる？ 赤くなってる？ 放心状態？

ちょっと興味あるわね。

イクスが今どんな顔しているのか見たくて、こっそり横から覗き込んでみる。

!?

イクスは、まるで子猫だと思って追いかけて行ったらただのゴミ袋だった時のような、至極残念そ

うな目でサラを見ていた。

えぇ!? 何その顔!? 一目惚れ!? それ一目惚れした顔なの!? イクス……わからないわ……。

イクスは残念そうな顔のまま、サラに言った。

「ですがエリック様は今本当にお忙しいので、お会いするのは難しいかと思います。後日またお越しいただきますよう……」

「お願いっ!! 本当に少しでいいのっ!」

イクスの言葉を途中で遮り、可愛らしくおねだりをしている。

大きな瞳は微かに涙目になっているし、背の高いイクスを見上げているから絶妙な上目遣い! シスターのようなお祈りのポーズをしておねだりをすれば、また主人公パワーのキラキラ感炸裂だ。

小説の中のイクスなら、即OKを出してしまうレベルの甘え攻撃ね。

「申し訳ございません。本日は無理です」

はっっっや!! 断るの早ッ!! 一秒も迷わず断ったわね。

あれ? 小説でイクスがサラのお願いを断ったことなんてあったかしら?

……ないわね。

今サラがあまりにビックリしすぎて放心してるくらいだもの。きっと彼女も断られるとは思ってなかったんだわ。

でもイクスが断ってくれて良かった。

もし私が断っていたら、悪役令嬢っぽくなってしまうかもしれないし。虐めカウントに入れられたりしたら大変だもの。

「……わかりました。では、今日はこのまま帰ります。でも!!　帰る前に、少しだけリディア様と二人きりでお話ししたいんです。それくらいなら良いでしょう?」

めげないサラは、再度キラキラパワーを発揮してイクスを見つめ直した。

これくらいのお願いならいいでしょ?　と顔に文字が書いてある。

イクスは、白シャツに付いたカレーのシミを見るかのような忌々しそうな目で主人公を見ていた。

また変な顔してるわ……じゃなくて!!　えっ!?　二人きりでお話ですって!?

無理。無理無理無理無理。本当はまだ会いたくなかったくらいなのに、二人きりなんて怖すぎる!

小説の話より前の二人の関係がわからない。というか会っていなかったはず……。

ここで私達が関わったら、未来はどうなるの?　私の処刑エンドは遠くなる?　近くなる?　わからないから怖い!

イクスが返事をしないので、サラは私のほうにぐるんっと顔を向け至近距離まで近づいて来た。

ひぃっ!　その迫力に思わず一歩下がってしまう。

「ねっ?　リディア様!　いいですよね?　私、義理の妹になるリディア様とは仲良くしたいんです!」

私には主人公パワーは使ってこない気らしい。甘えたお願いというより、まるで脅迫のようなオーラを感じる。顔は笑顔だが、どこか怖い。

あれっ?　これ、断れなくない?　仲良くしたいって言われてるのに断ったら、私が悪者よね?

サラが何を考えているのかわからない。

少なくとも、本気でリディアと仲良くしたいなんて思ってはいないだろう。だって目が笑っていないもの。

でも何を話そうとしているのかは気になるわね……。どちらにしろ断れないのだし、覚悟を決めるしかないか！

「イクス。サラ様と二人にさせて」

私がそう言うとイクスは不満そうな顔をしたが、渋々離れてくれた。姿は見えるけれど声は届かない距離に立っている。

向かい合う私とサラ。

さぁ！　一体なんの話をするつもり？

無言のままサラを見つめると、サラは突然悲しそうな顔をして私の手をぎゅっと握った。

ん!?　え、な、何!?

「わかっているわ、リディア様。あなたは……私が憎いのよね？　大好きなお兄様の婚約者だから、恨んでいるのでしょう？」

……ん!?

「え？　別に恨んでなんか……」

「いいのよ！　私にどんどん文句を言っていいの！　我慢しないで！　ほら！」

サラはどんどん顔を近づけてくる。

セリフだけ見たら親切なこと言ってるのだけど、怖いっ!!　漂ってくるオーラがなんか怖いっ!!

ななな何⁉　突然なんなの⁉

文句を言っていい⁉　そんなことを言わせてどうするのよ？　私は悪役令嬢になんかなりたくないから、文句なんて絶対言わないわよ！

「大丈夫です！　文句なんてないです！」

私がそう言ってサラの手を離そうとした瞬間……

「きゃあああっ」

サラが突然叫んで大袈裟に地面に倒れた。

は？

イクスが慌てて駆け寄って来た。倒れているサラと放心状態の私を、交互に見ている。私からの説明を待っているようだが、ごめん。私も現状がよくわからない。

サラはわぁっ……と泣き出した。

「わ、私はただリディア様と仲良くしたかっただけなのに……。突き飛ばすなんてひどいです……うぅっ」

は？

え……何よそれ。私、突き飛ばしてないけど？

でもこの状況。地面に倒れて泣く可憐な主人公と、それを見ている悪役令嬢。

うん。小説や漫画でよく見るシーンね！　……って、ちょっと待て！！！　これ……私がバッチリ悪役令嬢を再現しちゃってるじゃないのよ!!

何もしていないのに、勝手に自分から倒れたサラ。

なぜか私が突き飛ばしたと言って泣いているサラ。

うん。これはアレだ！　よく少女漫画で見るアレだよね！　腹黒ライバル女が、わざとヒロインを陥れようと被害者ぶるアレ!!

まさかこのサラがこんな手を使ってくるとは……。

イクスは困ったような顔をしながら私達の様子を見ている。まずはイクスの誤解を解きたい。きっと今、本当に私がサラを突き飛ばしたのか気になっているはず。

「あの、イクス。私はやってな……」

「あぁっ!!　いったぁーーーーい！」

私の言葉を遮り、サラが大きな声を出した。地面に座ったまま、右足首を押さえている。

「足が痛くて起き上がれないわ……。申し訳ありませんが、イクス卿。起き上がらせてもらってもいいですか？」

ぶわっ。

主人公パワーの花が舞い（空想）、男を虜にさせるオーラが再度イクスに降りかかった。

漫画でもないのに、不思議と私にはサラを取り囲む花やキラキラオーラが見える気がするのだから本当にすごい。

イクスは相変わらず夜の自販機に集まる虫を見るような目をしているが、内心ではときめいているのだろうか？　イクスの恋する瞳はどこかおかしい気がする。

「リディア様。サラ様を屋敷にお連れしたほうがよろしいでしょうか？」

突然イクスがこちらを見たので、驚いた。小説のイクスなら、私の意見なんて聞かずに慌ててサラを運んでいるだろうから。

あっ!!　でもこれはチャンスじゃない？　私の無実を訴えるチャンスだわ!!　ナイス!!　イクス!!

「そうね！　お屋敷で手当てを受けていただかなくては！　一人で転んで驚きましたが、怪我をしてしまったなら大変！　イクス！　サラ様を運んで！」

「かしこまりました」

イクスは少しにやっと笑い、サラに近づいた。サラは一瞬私のことを睨んだように見えたけど、イクスに抱き上げられた途端に顔が輝いた。目をキラキラさせながらイクスを見つめている。口元は手で隠しているらしいが、私の位置からはニヤニヤしているのが丸見えだ。

……あれ？　こんなシーン、どこかで……。…………あっ!!　小説の中の、主人公とイクスの出会いだわ!!

確か、リディアに突き飛ばされて怪我した主人公を、イクスがお姫様抱っこして運ぶのよね。

……ってまんまじゃん!!　その出会い、そのままじゃん!!　だからサラは私に突き飛ばされたフリをして、さらに怪我したフリまでしたのね。

まぁ怪我は本当か嘘かわからないけど。かなりの確率で嘘だと思っちゃうのは……女の勘ってやつかしら。

小説ではここで、イクスがリディアに向かって「最低ですね」って暴言を吐くんだけど……。

うん。さすがに今のイクスは私にそんなこと言わないわね。普通に屋敷に向かっていったわ。

サラが私とイクスをチラチラ見ては不満そうな顔をしているから、きっとイクスの暴言を期待していたに違いない。

二人が屋敷に入り、姿が見えなくなった。

「はぁぁーーーー……」

大きなため息と共に、しゃがみ込む。

主人公……いや。サラのことを考えると、ため息しか出てこない。

小説の中の主人公そのままであれば、私が虐めない限り関係が悪化することはないだろうと思っていた。だって主人公は優しくて心の広い女性だから。好き好んで義理の妹を追放させたりなんかしない。

でも、あのサラは小説通りに話を進めようとしてる。エリックとの結婚だけでなく、他のキャラからの愛情もしっかり受け取る気満々なのだ。

しかも二年も早く!! 小説通りになったら、リディアが処刑エンドだって知ってるくせに!! それなのにその選択をするなんて!! 鬼だわ! サラは鬼よ!!

えーーーーん。どうすればいいのよ。

思わず本気で泣きそうになる。すると、走ってくる足音が聞こえた。

「リディア様! 大丈夫ですか!?」

え？

顔を上げると、イクスがこちらに向かって走ってきているのが見えた。私のすぐ目の前で止まり、片膝をついて腰を下ろす。しゃがみ込んでいる私に合わせてくれたのだ。

「体調でも悪いんですか!?」

こんな所でリディアがしゃがみ込んでいたから、心配してるんだわ……。汗までかいちゃって。どんだけ全力でここまで走ってきたのよ。

ていうか、なんでいるの？　サラを屋敷に連れて行って、側についてあげてるんじゃないの？　一目惚れしたんじゃないの？　私よりサラの近くにいたいんでしょ？

なんで戻ってきたの？

……心配してるイクスに大丈夫だよって言わなきゃいけないのに、何も言えない。今口を開いたら泣いちゃいそう。

「…………」

「…………」

やだー。もう！　私、こんなことで泣くような年齢じゃないのに！

いや。この年齢だからか!?　だからこんなに涙もろいのか!?　でも泣いたら恥ずかしいから我慢だ！　我慢！

必死に目と口をギュッと閉じている私に、イクスがボソッと言った。

「……失礼しますよ」

え？　……えっ!!　ええっ!?　お、お姫様抱っこ!?

なぜか突然イクスに抱き上げられたんですけど！

「イクス!?　何を……」

「具合が悪いのかと思いまして。お部屋に参りましょう」

「だ、大丈夫よ！　それより、サラ様はどうしたの？」

「メイド達に任せてきましたよ。俺はリディア様の護衛騎士ですから、リディア様の側にいます。

……泣いてもいいですよ？」

「泣かないよ！」

少し意地悪そうに笑ったイクスを見て、なぜか安心してしまったのは秘密だ。

まだまだ信頼関係が築けていないと思っていたけど……そんなことないのかな？

「自分で歩けるから……」

「……いいえ。このまま行きます。腕の感触を塗り替えたいので」

は？

イクスは意味のわからない理由を言い、そのまま部屋まで向かった。

✤ エリック視点

「何？　リディアがサラ嬢を怪我させただと？」

報告してきたメイドに向かって、思わず厳しい視線を送ってしまった。

よほど怖い顔になっていたのか……メイドはビクッと身体を震わせた。顔が真っ青になっている。

「あ、あの。イクス卿はサラ様が一人で転んだと言っていたのですが……。その、サラ様が……リディア様に突き飛ばされたと泣いておりまして……」

メイドは怯えながらも報告を続ける。

どうやら、サラ嬢は断ったにもかかわらず勝手に押しかけて来て、さらにはリディアのせいで怪我をしたと言い張り屋敷内に居座っているらしい。

なんて面倒な女だ。

昔はそんなことはなかった。あちらから連絡などしてくることもなく、こちらから音沙汰なくても何も文句も言ってこない。そんな大人しい女だったはずだ。

突然会いたいと打診をしてくるようになり、断っても何度も諦めずに求めてくる。

迷惑極まりない。

ずっと断り続けていたが、リディアが怪我をさせたと騒いでいるのであれば会わないわけにはいかないだろう。

はぁー……とため息をつきながら、俺は執務中の手を止めた。

「わかった。どこの部屋だ?」

メイドに案内されて、サラ嬢の所へ行く。

会うのはいつぶりだろう？　こんなに足が重くなるものなのか。好きとも嫌いとも思っていない相手だったが、間違いなく今の俺は彼女を嫌悪していると感じた。

突然親に勝手に決められた婚約者。それでも年に一度会うかどうか……。そんな関係だった。それで十分だったというのに。

「エリック様!! 来てくださったんですね！」

部屋に入るなり、サラ嬢は甲高い声で叫んだ。部屋のソファに座り、メイドの用意した紅茶を嗜んでいたところらしい。

「ずっとお会いしたかったんですよぉ～」

うるさい声だな。

サラ嬢はなぜか俺のことを頭の上から足の爪先までジロジロ見て、にやけ笑いをしている。

ゾッとするような気味の悪さを感じ、俺としたことが一歩後ずさってしまった。

なんだ？ これ以上近づいてはいけない気がする。近づきたい気持ちなんて全くないが。過去に数回会ったことはあるが、こんなに気味の悪さを感じたことはない。

「……久しぶりですね、サラ嬢。足を怪我されたと聞きまして……大丈夫ですか？」

右足に目をやると、足首の部分に包帯が巻いてあるのがチラッと見えた。

そもそも怪我は本当なのか？

メイドの話だと、赤くすらなっていないためよくわからないと言っていた。

「あの……実は、リディア様にいきなり突き飛ばされてしまったんです。私……何もしていないのに
……」

サラ嬢は一瞬で目に涙を浮かべ、手を口元に当てて少し震え出した。俺の同情を誘おうとしているのだろう。

先ほどまで呑気に茶を飲んでいたくせに、よく言う。大した女だな。このくだらない演技に引っかかる男がいるのか？　俺のことを馬鹿にしているのだろうか。

「その件に関しましては、リディアにも確認をしてから後日改めて謝罪をさせていただきます。念のため、双方に話を聞かないといけないですからね」

「えっ？　どうして？　エリック様は、私の言うことは全て信じてくれるんじゃないんですか？」

は？

危ない。思わず口から出てしまうところだった。

サラ嬢はポカンと不思議そうな顔をしている。目を大きく見開いて、本気で意味がわからないといった様子だ。

この女は一体何を言っているんだ？　俺がリディアよりもお前を信じるだと？

どうしたらそんな考えになるのか……信じられないな。馬鹿も休み休み言え。

このままこの女と話していたら、俺は何を言うかわからない。こんな馬鹿でも一応力のある侯爵家の娘。暴言を吐くわけにはいかない。

早急に帰ってもらうとするか。

「アース。すぐにサラ嬢を馬車まで連れていってやってくれ」

「えっ!?」

「ご自宅で休まれるのが一番だと思います。では、サラ嬢。私は忙しいのでこれで失礼します」

「ええっ!? ちょっと待っ……」

サラ嬢はとても驚いている。

これを機に俺とお茶でも楽しむ気でいたのか？ 元々忙しいと断ったにもかかわらず、自分のことしか考えていない女だな。

どうやらサラ嬢の頭の中はお花畑らしい。

あ、そうだ。リディアの汚名返上はさせてもらうぞ。

「あっ!! サラ嬢！ 足元に大きな蜘蛛が!!」

「きゃあああっ!!」

俺がそう言うと、サラ様は座っていたソファから飛び上がって俺の後ろまで走ってきた。

やっぱりな。足の怪我はウソか。

「どこ!? 蜘蛛は!!」

「すみません。見間違えたみたいです」

「え？ ……み、見間違え？ あぁ～良かったぁ～。私、蜘蛛すごく苦手なんです～」

そう言って俺の腕に伸ばしてきた手をうまくかわす。触られたくはない。

そして少し口角を上げて言った。

「足の怪我はもう治ったみたいですね。良かったです。では、お気をつけてお帰りください」

「あっ!!」

サラ嬢は慌てていたが、もう遅い。しっかり走っている姿を、この部屋にいる全員が見ている。

一応俺の婚約者という立場なので、メイド達は顔には出さないように気をつけているようだが……

あきらかに気まずい空気が流れている。

俺は部屋から出ようとして、足を止めた。

「あぁ。それから、本日お会いしましたので三日後のお約束はなかったことに。では」

そう言うと、サラ嬢は唖然としていた。俺は彼女からの返事を待つこともなく部屋から出て行く。

これで三日後の約束がなくなったのなら、ここまで来たのも無駄ではなかったな。

すると、サラ嬢が叫ぶ声が聞こえた。

「け、怪我はちょっとだけ良くなりましたが……リディア様に突き飛ばされたのは本当ですから!」

最後までリディアの件を追求する気か。本当に忌々しい女だ。

少し前のリディアなら、それくらい普通にやったかもしれない。でも今のリディアはそんなことはしない。

まぁ俺の婚約者にヤキモチを妬いてしまったというのなら、納得もできるが。リディアは俺のことが大好きだからな。

うん。それならあり得るな。

リディアがサラ嬢にヤキモチを妬いてつい意地悪をしてしまったと言うのなら……可愛いではないか。

思わず口元が緩みそうになってしまったが、すぐに表情を戻した。

最近顔が緩んできているな。気をつけないと。

俺はそのままリディアの部屋へ向かった。

◆

「それで、なぜあんな状況になったのですか？」

部屋に戻るなり、イクスに問いただされた。すでにサラと私の噂を聞いていたメイも、真剣に私の回答を待っている。

二人とも……私のことを信用しているようで、まだどこか疑っているのね。以前のリディアの性格を考えると、仕方ないけど。

「私だって聞きたいわよ。突然悲鳴を上げて倒れるから、すごく驚いたのよ！」

まさか『小説の通り、イクスとの出会いのシーンを再現させたかったみたい』なんて言えないわ。

「サラ様が倒れる前に、何か言われていませんでしたか？　あまりに迫力が凄かったので……止めに行こうか迷いました。何を言われていたのかお聞きしても？」

「ああ。あれは……『大好きなお兄様と婚約している私を恨んでいるのでしょう!?』って詰め寄られていただけよ」

否定して手を離そうとしたら急に倒れて……。

そう説明しようとした時、突然エリックが部屋に入ってきた。

えっ⁉　エリック⁉　なんで⁉　今は執務中では……。

あっ！　もしかして、私がサラを怪我させたことを聞いて怒ってここに⁉　ど、どうしよう‼　誤解って信じてくれるかな⁉

「あ、あの。エリックお兄様……」

「やはりそうだったのか」

うん？　やはり……って何が？？

よく見ると、エリックは怒っているというよりも少し嬉しそうに見える。めずらしく口角が緩んでいた。

あれ？　なんだかご機嫌っぽいけど……。サラのことを聞いてきたんじゃないのかな？

「サラ嬢とお前のことを聞いた。サラ嬢は、お前に突き飛ばされたと主張していたぞ」

聞いてきたんかーーーーい‼

あっ！　いけない！　つい心の中でエリックにツッコんでしまったわ！

というか、それを知っているのになぜ少し笑顔なの⁉　怒ってないの？？

「リディア。正直に言うんだ」

「え……？」

エリックが私の両肩に手を乗せ、顔を近づけてきた。至近距離で見るエリックの整い過ぎている顔に、思わず動揺してしまう。

サラサラの長い前髪。窓からの光にあたり、金髪がキラキラ輝いているが……この輝きは本当に髪の毛だけだろうか？　エリック本人から溢れ出ているのではないか？

前髪の間から見える薄いグリーンの瞳が、私を見つめる。

エリックは一体何を聞こうとしているの……？　やっぱり、私が突き飛ばしたと思ってるの？　サラ様の言うことを信じてるの？

不安な気持ちでエリックの言葉を待つ。

「お前は……」

ゴクリと唾をのんだ。

「サラ嬢にヤキモチを妬いていたのか？」

……………ん？　え？　なんですって？

「俺をサラ嬢に取られると思って……。俺の婚約者であるサラ嬢を、つい突き飛ばしてしまったのか？」

え？　えーーーーと？　何を言っているのかしら、エリックは。というか、それって私が突き飛ばしたこと前提になってますけど⁉

違う！　突き飛ばしてない！　って否定したいのに……どうしよう。エリックがYESの返事を期待しているみたいなんだけど。

どういうこと？　サラ様を突き飛ばしたことはどうでもいいの？　私がヤキモチを妬いたのかどうかが知りたいだけのような……。

エリックが瞳をキラキラさせながら、私の返事を待っている。すごく期待した顔で待っている！

うん。違うって言えない雰囲気ね。大丈夫！　私は空気が読める女よ。

だからメイとイクス！　『お願いだから肯定してあげて』って目で見つめてこないで!!　わかってるから！

「あの……そ、そうなんです。エリックお兄様を取られちゃうと思ったら悲しくなっちゃって。でも、突き飛ばしてはいません!!　手を離そうとしたら、サラ様が転んでしまっただけで……」

ヤキモチ妬いたってことにしてあげてもいいけど、突き飛ばしたことは認められないわ！

私の言葉を聞いて、エリックは満足したようだった。いつものように頭をポンポンしてくれる。メイもイクスも遠くから微笑ましそうに見てくる。

な、なんだか恥ずかしいな……。

それにしても、小説ではリディアのヤキモチが原因でエリックからは嫌われていたはずなのに。今はそれが喜ばれているんだから、不思議ね。

あっ!!　そうだ!!　今のエリックは機嫌良さそうだから、今のうちに外出の許可をもらっちゃおう！　万が一のために、家出のルートも探しておかなきゃね！

「エリックお兄様。私、街へ行きたいのです！　許可していただけますか？」

「そう言ってくると思っていたよ。五日後にあるフェスティバルに行きたいんだろう？　カイザが、リディアと行くと言っていたぞ。あいつとイクスが一緒なら問題ないだろう」

げっ!!　カイザと一緒!?　それじゃ好きな所へ行けるかわからないじゃない。

でも、フェスティバル……ですって？

「ははっ。リディア様、嬉しそうですね」

楽しみ！　と思ってしまったのが、顔に出ていたらしい。イクスに笑われてしまった。

だって、異世界のフェスティバルなんて見てみたいじゃない！

「ありがとうございます。エリックお兄様」

フェスティバルかぁ～！　どんな感じなんだろう！　楽しみ！　カイザも一緒っていうのがちょっと気に入らないけど……まぁそこはいいか。

でも……そういえば、小説でも『フェスティバル』って言葉が出てきたわよね。フェスティバルに関係した話が何かあった気がするけど……思い出せない。なんだっけ？？

うーーーーん。おかしいわね。いつもなら頭の中に情報が入ってくるのに……全然そんな気配がないわ。

特に問題のない内容なのかしら？　五日の間に思い出せるといいけど……。

六章

人攫い兎のジャック

episode.06

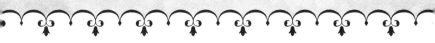

フェスティバル当日。

今回のフェスティバルは、平民のためのものだ。仕事も家事もせずに朝から歌ったり踊ったり……とにかくお祭りを楽しむ。年に一度の自由な日だ。

もちろん売上が爆上がりになることから、喜んでお店や屋台をしている人もいるが。

そこに平民と貴族の差別があってはいけない。貴族が介入することで、平民の楽しみを奪ってはいけない。貴族が参加したいのであれば、貴族という身分を隠して平民として参加しなければいけないのだ。

平民の平民による平民のための平民のフェスティバル……って感じね。

というわけで、リディアも平民に見えるような衣装を着ております！　髪の毛はポニーテール、足元はブーツです。

それでも可愛い！！！　やばい!!　リディアってば、どんな格好でも似合いすぎるわ!!　天使!!

平民の格好をしていても隠しきれないこの高貴な美少女オーラは大丈夫なのかしら？

「リディア様が着ると、質素なワンピースが華やかに見えてしまいますね。とっても素敵です！」

私の支度を整えたメイが、満足そうに言った。

やっぱり？　そうよね。これほど平民の服を輝かせてしまうような人は、なかなかいないわよね。

はぁ～。美少女も大変だわ～。

コンコンコン
「リディア、入るぞ」

ガチャ。

部屋にカイザが入ってくる。

だーーかーーらーー、返事を聞いてからドアを開けろよ!! ノックとセリフとドアを開けるのが、ほぼ同時なんだよ!

ジロッと睨みつけようとして、固まってしまった。

カイザも平民の格好をしている。薄い布で作られた、なんのこだわりもなさそうな無地の服。

普段よりだいぶ薄着になっているため、身体つきの良さが目立ちまくりだ。逞しいその胸と腕に抱かれたいと思う女性が、今日だけで一体何人現れるだろうか。

さらにはその身体に付いている顔面があれだ。

少し意地悪そうではあるが、キリッとした男らしい目に高い鼻。赤褐色の長い髪を一つに縛っている。整いすぎたその顔を見れば、誰もが顔を赤くすることだろう。

目立つ。とっても目立つわ。こんな男性が街にいたら、女性陣からキャーキャー言われるに決まってる。

……ん? カイザの後ろにいるのは……イクス!?

イクスもカイザと同じ、シンプルな薄い服を着ている。まだ一七歳のイクスはカイザほどの筋肉はついていないが、細い身体についた適度な筋肉がまた良い!!

痩せマッチョってこういう身体のことを言うの? 焦げ茶色の短髪が、まるでスポーツ少年って感じ! 学校にいたらめちゃくちゃモテるタイプ!!

さらにイクスもカイザやエリックに負けないくらいのイケメンだもの。こちらも女性陣が放っておくわけがないわ。

ちょっと……男キャラの薄着姿やばくない⁉　破壊力すごいんだけど‼　普段からカイザやイクスの顔面に慣れていなかったら、鼻血出していたかもしれないわ！

二人は私を見て一瞬にこっと笑ったけど、ハッとしてすぐに真顔になった。

「お前。もう少し地味にできないのか？　それじゃ男共がどんどん近寄ってくるだろ」

「全然平民っぽさが出ていませんね。これでは街に出た途端に視線を集めてしまうでしょう」

何やら二人でブツブツ言っている。私の姿がお気に召さないらしい。

言っておくけど！　あなた達、自分自身も十分目立ってるんですからね⁉

リディアももちろん超絶美少女ですけど、この二人と一緒にいたら間違いなく女性からの視線がすごいはずよ。

「いいか？　男に声をかけられても、ついて行ったらダメだぞ？　お菓子くれるとか言われても貰っちゃダメだ！」

「ちょっと！　何歳だと思ってるのよ！」

まるで幼稚園児に言い聞かせるかのようなセリフに、思わず反発してしまう。冗談であってほしかったが、カイザの顔は真剣そのものだった。

「フェスティバルには人攫いが出ると言われていますからね。俺達から絶対に離れないようにしてくださいよ。歩く時はしっかり前を見て……」

「だから何歳なのよ私は！」

もう！　イクスまで！

二人とも私を心配してくれるのはありがたいけど、子ども扱いはしないでほしいわ。中身はあなた達より年上なんだからね!?

……って、人攫い…？　あれ……？　どこかで……。

その時、また頭の中に小説の一部が入ってきた。

『フェスティバルに現れる人攫い兎《ウサギ》のジャック』

人攫い兎のジャック……。

それだわ!!　この五日間全く思い出せなかったのに、まさかこんなタイミングで思い出すなんて！

小説の中で、過去の出来事としてチラッと書いてあったわ。

『リディアはフェスティバルで兎のジャックに誘拐された』

それが今日なの？　今日のフェスティバルでの出来事なのかしら？

私、誘拐されちゃうかもしれない!?


『人攫い兎《ウサギ》のジャック』

人攫い……と聞くと犯罪のイメージが浮かんでしまうが、兎のジャックは少し違う。

年頃の可愛い娘だけを狙い、フェスティバルの最中に誘拐するのだが……数時間後には無事に家に帰されるのだ。その数時間で何をされるのかというと、若い男性とただおしゃべりや食事を楽しむだけ……という。

なんだそりゃ!?　って感じよね。結論から言ってしまうと、ただの貴族達のお遊びってこと！

貴族の男性は、顔の上半分をウサギの仮面で隠して素性を明かさない。

ただ若く可愛い娘達との食事を楽しみたいだけっていう、クズな御貴族様の集まりよ。言ってしまえば一夜限りのキャバクラね！

それでも平民の娘達は、普段食べられない豪華な食事が無料で食べられる。万が一見染められれば貴族のお家にお呼ばれされる可能性だってある。そんな夢の場所でもあるのよね。

つまり、誘拐する側もされる側もｗｉｎ－ｗｉｎな関係。むしろ平民の娘達は「誘拐されますように！」ってお願いしてしまうほどよ。

それが『人攫い兎のジャック』と呼ばれる人達。

そうよ。思い出したわ。というか、なぜ今まで忘れていたのかしら？

リディアは『兎のジャック』に誘拐されて、『Ｊ』と出会うのよ！

『Ｊ』は兎のジャックの代表者みたいな存在で、貴族の男性達と平民の娘達の間に立つ……平民出身の二〇歳くらいの男。娘達の誘拐は、ほぼこのＪが実行している。

リディアが追放された時、まずはＪに会いに行ったのよね。住む場所もないリディアを、色々支えてくれたのがＪだった。

まぁ、Ｊが「気に入らないなら殺しちゃいなよ！」って言ったことで、リディアがその気になっちゃったわけだから……処刑されるきっかけを作った人物でもあるんだけど。

でも、追放される可能性がある私にとっては、Jとは絶対に出会っておきたいわ!! 突然の平民暮らしには彼のサポートが必要よ！

なんとしてでも今日Jに誘拐してもらわなくちゃ!! 問題は……。

私は、自分を挟むように左右に立つ男二人を見た。

この屈強な男達。カイザとイクスに挟まれた状態で、どうやって私を誘拐してもらうか……よね。

考え事をしている間に、気づけばフェスティバルの中心部にまで来ていた。

すごい人の数!!

街の中では常にどこかで音楽が流れていて、とても賑やかだ。踊っている人もいれば、それを見ながら歌っている人、笑っている人……みんな本当に楽しそう。

周りにある屋台からは、美味しそうな香りが漂ってくる。

日本の夏祭りを思い出しちゃうな……。チョコバナナやかき氷が食べたい……。

周りの景色に夢中になりながら歩いていると、カイザに手を繋がれた。

「人が多いからな。はぐれるなよ」

また子ども扱いして！ と怒りたかったが、実はそれどころではなかった。

ちょ、ちょっと待って！！！ 手を繋いで歩く……って、デ、デートみたいじゃないっ!!

落ち着け私!! これは兄!! 兄！ 兄！ 兄！ 意識するな！ ただのお兄ちゃんだ!!

隣にいるイクスは、少し不機嫌そうな顔をしながら歩いている。近くを通る女の子達が、みんなイクスを見て顔を赤らめていることには気づいていないようだ。

カイザにももちろん女性からの視線は集まっている。結婚適齢期くらいの女性達は、イクスよりもカイザを狙っているらしい。当の本人は全く興味なさそうだが。

時々声をかけられるが、二人とも驚くほどのスルースキルで躱していく。

主人公に一途だったこの二人だもの。他の女性はお呼びでないわね。

時々、女性ではなく男性の声で「あの……」と聞こえることもあるのだが、振り向けばそこには誰もいない。

なぜかイクスかカイザのどちらかも一緒に消えていて、しばらくすると戻ってくるんだけど……二人とも何をしているのかしら？

戻ってくるたびに私の顔をタオルで隠そうとしたり、気味の悪いお面を付けようとしてくるのだから困ったものだ。男って何を考えているのか謎すぎるわ……。

その時、とても良い香りが漂ってきた。

これは……もしかしてクレープ!?　この世界にクレープがあるの!?

「いい香りっ!!　あれが食べたいわ！」

ずっと何か食べたくてウズウズしていたのよね！

カイザの腕を引っ張り、良い香りのする屋台を指差す。

「なんだ？　あれが食べたいのか？　イクス、買ってきてくれ」

「はい」

そう言ってイクスが屋台の列に並ぶ。途端に女の子達がどんどんイクスの後ろに並び始めた。

あら。イクスが並ぶだけで、お店の宣伝効果ね！　広告費をいただきたいくらいだわ。

少し離れた場所でその様子を見ていると、突然カイザが興奮した声を上げた。

「おおっ!!　見てみろ！　腕相撲対決だってよ！　ちょっと混ざってこようかな～！」

クレープ屋台の反対方向にある小さな広場では、腕相撲対決をしているらしい。男達の盛り上がっている声がこちらまで聞こえてくる。

あんなのに混ざりたいだなんて、カイザもまだまだ子どもね。

ふとイクスを見ると、クレープを持ってこちらに歩いているところだった。

「行って来ていいわよ。カイザお兄様。イクスももう戻ってきてるし」

「おっ！　そうか？　じゃあちょっと行ってくるな！」

カイザは嬉しそうに走り出して行った。イクスは人混みを避けながらだんだんと近づいてくる。

手を振ろうかな？　と思ったその時、イクスの顔色が変わった。

「リディア様！！！」

イクスの声を聞いて、カイザが振り返る。カイザも大きく叫んでいた。

「リディア!!」

え？　何？　なぜ二人ともそんなに慌てているの？

状況が読めずにいる私の耳元で、誰かが囁いた。

「やっと一人になったね」

「え!?」

チラッと見えたウサギの仮面。そして仮面から覗く、ウサギのような赤い瞳……。

気づくと私の身体は宙に浮き、誰かの肩に担がれて運ばれていた。ものすごい速さだ。

え⁉　え⁉　何⁉

周りからはきゃ～という明るい声が聞こえる。拍手している音や、「いいなー！」と叫んでいる女の子の声まで聞こえた。

私を追いかけようとしたカイザとイクスは、街の人々に阻まれていた。「大丈夫だから！」「無事に帰ってくるさ！」と言われているようだ。

も、もしかして、この人『兎のジャック』⁉

✤

どうも、こんにちは。リディアです。

私は今『兎のジャック』に誘拐されて、とあるレストランの控え室におります。六畳ほどの広さで薄暗く、小さい窓が一つだけある。部屋には長いソファだけが置いてあり、まるでカラオケの一室のようだ。

私がここに連れてこられた時には、一四～一八歳くらいの娘達がすでに七人ほどいました。みんな可愛らしくて男性にモテそうな子達ばかり。

全員誘拐されてきたのだろうけど、泣いている子は一人もいません。むしろ、みんな頬を赤らめて興奮しております……。

「私が選ばれたんだわ！」

「素敵な男性はいるのかしら」

「見染められるように頑張らなきゃ！」

と、ブツブツ何か言っていて、少し怖いくらいです。

兎のジャックに誘拐されることを望んでいる娘が多いというのは、どうやら本当みたいね。私なんて誘拐されている最中に拍手をもらったもの。娘達にとってはよほど光栄なことなのね。

誰も怖がっていないので、そこだけは安心する。

ただ、カイザやイクスはかなり驚いていたみたいだけど……大丈夫かしら？

平民の方々から兎のジャックの話を聞けば、安全だとわかるわよね。暴れたりなんか……してないわよね？

私がいなくなった後の二人を想像すると、少し不安になる。

それにしても、私を誘拐したあの赤い瞳のウサギ仮面……。きっとあの男がJなのだろうけど、私をここに置いてすぐにまたどこかへ行ってしまったわ。一体どこへ……？

私も女の子達も放置状態。

実は、逃げようと思えば逃げられるのよね。誰も逃げようとはしないけど。

それはそうだ。ここにいる女の子達にとって、この場所はシンデレラに出てくるお城のようなものなのだから。一夜の夢を見せてくれる場所……。

じゃあJは魔法使いのおばあさん……って感じかな？

え？　なぜお前は逃げないのかって？

私はクズ貴族との合コン……いえ。食事会なんて全く興味はないけれど、Jと会っておかなきゃいけないからここにいるだけよ？　変な誤解はしないでくださいね。

ガチャッ
突然部屋のドアが開いて、私達をここに連れてきたウサギ仮面が現れた。口元は隠されていないので、ニッコリ微笑んでいるのがわかる。

ウサギ仮面は開いたままのドアに向かって手を広げ、高らかに言った。

「お待たせしました！　ではお嬢様方、こちらのお部屋へどうぞ！　楽しいひと時をお過ごしくださいませ！」

楽しそうな声だ。

女の子達のテンションが上がり、みんな駆け足で控え室から飛び出して行った。

隣の部屋からは賑やかな音楽や男性の話し声が聞こえてくる。チラリと見えたが、華やかに飾られた明るい部屋。テーブルにはたくさんのご馳走が並んでいた。

娘達がみんな飛び出して行った中、私だけが出ていかずにソファに座っていた。ウサギ仮面……いや。Jはすぐに私に気がつき、近づいてきた。

「あれ？　キミは行かないのかい？　キミみたいな可愛い子はすぐに人気者になれるよ！」

まるでキャバクラのキャッチね。……まぁ私はそんなのされた経験ないけど。一度はされてみたいと思っていたけど……こんな軽口で褒められても、嬉しくはないのね。

キャッチからの声をかけをスルーしている美女の気持ちがわかった気がした。

「私は行かないほうがいいと思うわ。だって、私はコーディアス侯爵家の長女……リディア・コーディアスだもの。あちらの方々も、仮面越しでもお顔を見られたくはないと思うわ」

私がそう言うと、Jの顔から笑顔が消えた。

「貴族……？　しかも、侯爵家だって？」

「ええ」

「あーー……。そうか。それは……やばいな」

Jは大きく息を吐きながら、天井を仰ぐように視線を外した。

ここに参加しているクズ貴族達はみんな底辺の貴族のはず。そんな男性達に侯爵家の娘を侍《はべ》らせたと知られたら、底辺貴族など簡単に潰されてしまうだろう。

エリックなら間違いなく潰すわね。

仲介人として働いているJにとっても良くない話だ。Jは丁寧だった態度を変え、どかっ！　とソファに座った。

「それで？　僕を不敬罪で捕まえるかい？　貴族誘拐となったらそれはそれは重い罪を負うんだろうなぁ～。怖いなぁ～」

言葉とは裏腹に、Jは少し半笑いしている。どんな罰則が待っているのか怯えている様子はなく、いざとなったら逃げる気満々といった感じだ。

確かに貴族誘拐は軽い罰則では済まないだろう。下手をしたら牢獄に入れられて処刑コースだってあり得るのだ。

それなのに、なぜこんな余裕そうなの？

「残念だけど、私はあなたを訴える気はないわ。むしろここに連れて来てくれて感謝しているくらいよ」

私の言葉を聞いて、Jは目を見開いた。想像していなかったのだろう。まさか誘拐してくれてありがとうと言われるとは。

「……どういうことだい？」

「あなたに会いたかったのよ」

「……何それ。もしかして、口説いてるのかい？」

「違うわ」

キッパリ言うと、Jがははははっと笑った。

顔の上半分にウサギの仮面を付けているから？　赤い瞳が本当にウサギみたいだから？

なぜか少年のように笑うJを可愛いと思ってしまった。

「……友達になりたかったのよ。もし私が……その、家から追放されるようなことになったら、助けてもらいたいの」

「追放？　何かイケナイことでもしてるのかい？」

Jはニヤニヤしながら話を続ける。

何がそんなに楽しいの？　って聞きたくなるくらい、彼は楽しそうだった。

「してないわよ！　してないけど、もしかしたら……っていう保険みたいなものよ」

「ふーーーん？」

「……なんでそんなにニヤニヤしてるの？」

「いや？　べーつにー？　キミっておもしろいね」

おもしろい？　私が？　可愛いの間違いではなくて？

「いいよ！　何かおもしろそうだし！　もしキミが平民になったら、助けてあげましょう」

「……随分上から目線ね」

「とんでもない！」

Jは両手を広げて降参のポーズをしている。

ふざけているのか本気なのか……。でも、助けてくれるという言葉はきっと本気だと思う。それが
たとえ『楽しそうだから』という理由だとしても。

「ありがとう。ところで……あなたのお名前は？」

小説にはJとしか書いていなかったけど、本当の名前は……

「僕はJだよ！」

……教えてくれるわけないか。

「まぁ、なかなか会うこともないだろうけど、よろしくね！　リディ！」

Jが笑顔で手を差し出してくる。

この手は……握手を求めてる……のよね？

よく大学の飲み会で、意見が合った相手に握手を求める男がいたことを思い出した。

こういうノリ、喪女にはちょっと苦手だわ……。でもやったほうがいいのよね。ていうかリディって何よ。

私はJに握手をしながら口を尖らせた。

「私の名前はリディアよ！」

「僕だけの愛称さ！　可愛いだろ？　リディって！」

なんて明るくて人懐っこいのかしら。私の周りにはいないタイプね。まぁ調子がいい……とも言えるけどね。

とにかくJと知り合いになれたのは良かったわ。これでいつ追放されても、なんとかなりそう……。

窓の外を見て、ここに来てどれくらい時間がたったのか気になった。目的は達成したし、そろそろ帰ったほうがいいかな。

「J、私そろそろ……」

ビーッ！　ビーッ！　ビーッ！　ビーッ！

突然大音量の警報が鳴った。

ななな、何⁉

Jがすぐに窓の外を覗き、ハハッ！　と笑った。

「どうやら向こうから来てしまったみたいだね。お姫様の奪還に」

「え？」

まさか……カイザ達⁉

◆カイザ視点

今日はリディアをフェスティバルに連れて行く日だ。ただの平民の祭りだし、そんなに危ないこともないだろう。

要注意なのは暴漢ではなく浮ついた男共。リディアを狙って声をかけてくる男共を片っ端から排除すること。それが今回エリックから頼まれた内容だ。

全くとんだ過保護になったもんだぜ。いくらリディアが可愛くても、平民の格好をさせて横に俺とイクスが立っていたら……誰も声なんてかけてこないだろ。

一緒に歩いているだけで、特に何かする必要はないはずだ。そう思っていたが……。

「お前……。あの女には近づくなよ？　わかったな？」

「は、はい！　すすすみませんでした‼」

今日何人目になるであろうか。浮ついた男がまた一人走って逃げて行った。

祭りの雰囲気にやられているのか、リディアを一目見た瞬間に周りが見えなくなったのか……。先ほどからリディアに声をかけようとしてくる男共が後をたたない。

リディアに気づかれる前に俺とイクスで処理しているが、地味に疲れるな。これ。

あ。処理と言っても、路地裏に引きずり込んでちょっと脅してるだけだ。暴力は振るっていない。

何事もなかったかのように、またリディアの隣に立つ。

リディアは長い金髪を高い位置で一つに縛っていて、白くて細い首が露わになっている。大きな薄いブルーの瞳はキラキラ輝きながら街の様子を見ていて、自分を見つめる男共の視線には全く気づいていない。

顔にタオルを巻いて隠そうか？　それとも気味の悪いお面でも付けて隠そうか？

どうにかして男共にリディアを見せないようにしたいが、できるわけないな。

しばらく祭りを楽しんでいると、少し離れた広場で腕相撲対決をしているのが見えた。

なんだあれ!!　おもしろそうだなっ!!

挑戦してみたくてウズウズしていると、リディアが行っていいと言ってくれた。後ろを確認すると、イクスもすぐ近くまで来ている。

よし!!　じゃあちょっと行ってくるか!!

と走り出した時だった。後ろからイクスの叫び声が聞こえて、俺は振り向いた。

リディアのすぐ後ろに、ふざけたウサギの仮面をつけた男が立っている。その男の腕が、リディアを捕まえようとしていた。

「リディア!!」

イクスも俺も走り出したが、間に合わない。男はリディアを肩に担ぎ、足速にその場を去って行く。

行かせるかよ!!

追いかけようとした時、目の前には大勢の平民達が立ちはだかった。なぜかみんな笑顔だ。

「大丈夫だ。兎《ウサギ》のジャックだよ」

「少ししたら無事に帰ってくるから安心しなさい」

「あれは娘達にとっては希望なんだから。選ばれて良かったじゃないか」

口々に何か言ってくる。

なんだ？　兎のジャック？　攫われたのに、無事に帰ってくるだと？

それよりも、どけ!!　早くしないと……。

なんとか平民達をかぎ分けて前に出たが、すでに男の姿はなかった。同じようにやっとで前に出てきたイクスも、男のいた方向を見てぼう然としている。

「くそ!!」

何をやっているんだ!!　俺は!!

イクスが平民達に話しかけている。どうやら先ほど聞いた『兎のジャック』とやらのことを詳しく確認しているようだ。

何が兎のジャックだ。ふざけた仮面なんかつけやがって！

平民達から情報を集めてきたイクスが、俺のところまでやって来た。

「どうやら無事に帰されるというのは本当のようです。毎年のフェスティバルで数人の娘が攫われるそうですが、皆数時間後には無事に帰ってくると。ただ……その数時間、貴族の男性達との食事を楽しむのだそうです」

「はぁ⁉　貴族の男と食事だと⁉」

「貴族の娯楽の一つのようですね。娘達には成り上がるチャンスもあることから、むしろ自分から参加したいと思っている娘もいるそうです」

なるほどな。それでさっきの拍手や平民達の態度ってわけだ！　ふざけやがって！　底辺貴族風情が！

「……ということは、そのクソ貴族達がリディアを侍らせて楽しむってことか？」

「……そういうことですね」

イクスの顔には激しい怒りの感情が出ている。きっと俺と考えてることは同じだな。

「そのクソ貴族達の食事をしてる場所っていうのは、どこだかわかってるのか？」

「過去に行ったことのある娘に聞きましたが、わからないそうです。ただ、高級そうな店だったと」

「この平民街から人を抱えて行ける距離で、貴族しか入れない店……となれば、絞れるな」

「すでにいくつか候補は上がっています」

イクスは今にも動きたくてウズウズしているようだった。それは俺も同じだが。

「よし。ぶっ潰しに行くぞ！」

「はい！」

「この際だ。クソ貴族共を全員誘拐犯として捕まえてやる！」

◆

ビーッ！　ビーッ！　となる警報の中、レストランの支配人っぽいおじさんが走ってきた。

「大変です!!　英雄騎士のカイザ様が……！　出入口が全て塞がれております!!」

隣の部屋でクズ貴族達が騒ぎ出している。みんな慌てて立ち上がり、部屋の中をうろうろ歩き回っているようだ。

「なぜあのカイザ様が!?」

「コーディアス侯爵家が出てきたら…」

すぐにでも逃げ出したいだろうが、出入り口が塞がれたと言われてしまったらどうすることもできない。ここは三階だから、窓からの脱出も不可能だろう。

一番罪の重い誘拐実行犯であるくせに、Jだけはなぜか余裕そうに笑っている。

この場を逃げ切る自信でもあるのかしら？

……いえ。違うわ。きっと、私がどう行動するのかがわかっているから落ち着いていられるんだわ。

私は仕方なくJに言った。

「……お店の入口まで案内して」

「勇敢なお兄様を止めてくれるのかい？」

Jはニヤニヤしたまま尋ねてきた。

そうするしかないってわかってるくせに！　Jって結構意地悪なのね。

「今ここで貴方が捕まったら私が困るのよ」

そういうことだ。せっかくいざという時のためにJと協定を結んだのに、ここで捕まってしまっては意味がない。

「僕が無事だとしても、取引相手である貴族達が捕まってしまったら困るんだけどな～。僕にも生活があるし？」

「捕まえさせないわ」

「え？　貴族達も？」

予想していない返答だったのか、Jは少し驚いていた。

私がクズ貴族達のことを良く思っていないのは伝わっていたみたいね。もちろん本音を言ったら捕まえてやりたいところだけど。

「言っておくけど、彼らのためじゃないわ!!　年に一度、ここに連れて来られるのを楽しみにしている女の子達のためよ!!」

私の言葉を聞いて、Jの赤い瞳が大きく見開いたと思ったら突然笑い出した。

「ははは！　なるほどね！　女の子達のためかぁ～！　それはありがたいね！」

よくわからないが、なぜかJは上機嫌だ。壁に寄りかかり腕を組んでいたが、突然こちらへ走ってきて私の手を取った。

「よし!!　じゃあ恐いお兄様の所へ行きますか！」

Jに引っ張られて部屋を飛び出した。廊下を走り、階段を下りて行く。

速い！　速い！

アラサー喪女の私なら全くついて行けないところだが、リディアの若い身体はなんとか走れていた。

一階まで下りると、カイザの怒鳴り声が聞こえる。

「全ての部屋を捜せ!!　リディアと一緒にいる男共は全員捕まえろ!!」

ひぃぃ。めちゃくちゃ怒ってるわね!!

どうやら、イクスだけではなく街の警備隊まで呼んで来ているようだ。

カイザの前に出て行くのを少し躊躇ってしまう。Jはそんなカイザの台詞を聞いても、余裕そうな笑顔を絶やさない。

「お～こわ！」

と小さな声で私に言ってきた。

この人……恐怖心というものはないのかしら？　小説でもリディアに軽く殺人示唆していたし……。

変な人……。

Jはカイザからは見えない位置で止まり、私だけ行くように促してきた。

一緒にカイザの前まで行くのかと思ったけど、それはさすがにないか。私だって、実行犯を前にしたカイザを止められる自信はないわ。

仕方なく一人でカイザの前に飛び出して行った。

「待って!!　私はここよ!!」

カイザ達や警備隊の動きが止まり、みんなが私に注目する。

「リディア!!」

「リディア様!!」

カイザとイクスの二人が私に向かって走って来た。安堵の表情で私を見つめた後、カイザに強く抱きしめられた。

「リディア!! 良かった……」

「い……いた……。ちょっ……力……つよ……」

「あ。悪い」

はぁーー。全く！ 自分の力強さをちゃんとわかってほしいわ！ 肋骨折れるかと思った……。

「リディア様!! どこかお怪我はありませんか!?」

「大丈夫よ。イクス」

むしろ今さっき実の兄に骨折られそうになりましたけど。

イクスは私の何も変わらない姿を見て、心底安心したみたいだった。カイザも笑顔になっている。

温かく優しい空気が三人を包む……と思ったら、突然カイザとイクスの顔がガラッと変わった。

口元は笑っているが、目が笑っていない。ドス黒いオーラが身体中から溢れ出ているかのような、なんとも言えない悪人顔だ。

ど、どうしたの二人とも!? 正義のヒーローとは思えない顔になってるけど大丈夫!?

「よし。クソ貴族を捕まえに行くか」

「そうですね」

普段より何オクターブも低い声で言う。そのくせダークな顔でうっすら笑い合っている。

こわっ!! な、何!? 二人とも怖いから!! というか、止めなきゃ!! 貴族達を捕まえられたら色々と困るのよ!

「ダ、ダメ!!」

私は両手を広げて二人の前に出た。

二人ともチラリと私を見ては、子どもを抱き上げるかのように私を持ち上げてひょいっと横にズラす。そして何事もなかったかのようにスタスタ歩き出した。

無視かよ!! ちょっと待てーーーーい!!

「捕まえないで! お願い!」

後ろからカイザに抱きついて止め……ようとしたが、カイザはそのままスタスタ進む。私なんて全くおもりになっていないようだ。ズルズルと簡単に引きずられて行く……。

えーー!? なんで止まらないの!?

もう!! この筋肉バカ!! どうしたら止められるのよーー!?

「と、と、止まらないと、嫌いになるからねーー!!」

ピタッ。

えっ!? 止まった!?

はっ! ……ていうか、私ってば何言ってんの!? 嫌いになるって……幼児かよ!!

急に恥ずかしくなって、カイザから離れる。

どうしよう。あまりにもバカなことを言ったから、カイザも呆れてつい止まっちゃったんだわ。

反応が怖い。カイザの後頭部を見つめる私。イクスはカイザの様子を窺っていた。

くる〜り……とゆっくり顔だけ振り返るカイザ。

ぎゃ!! 目が据わってる!! お、お怒りMAX!?

「嫌いになるだと……? お前……元々俺のことが嫌いじゃなかったか?」

え!? 気になるの、そこ!? ちょっ……これなんて答えるのが正解なの……?

カイザは単純だから、好きとか言ったら喜ぶのかしら?

「嫌いじゃないわ……その、す、好きに決まってるじゃない。お兄様なんだし! でも、ここで貴族達を捕まえたら嫌いになるから!!」

こんなのでカイザが言うこと聞いてくれるかしら……。何か他の言い訳も考えないと……!

えーーーーと、えーーーーとぉ……。

「わかった!! 捕まえない!!」

堂々とした態度でカイザがキッパリ言い切った。

「カイザ様!?」

聞いたぁーーーー!? え!? 単細胞すぎませんか!?

その時、レストランの柱の陰から笑顔のJがひょこっと顔を出した。カイザとイクスは背を向けているので気づいていない。

Jは私に向かってピースサインをして、そのまま手を振っていなくなってしまった。

行っちゃった……。Jとは知り合いになれたけど……結局顔も本名もわからないままだわ。

まぁそれはいいとして。とりあえず私は、不満そうなイクスに納得のいく説明をしないとな。

なぜか妙にご機嫌なカイザは放っておいていいかしら。


「だーかーらー、私は何もされていないし、何より女の子達はみんな楽しんでたのよ!? ここで貴族達を捕まえたら、もう彼女達の年に一度の夢はなくなってしまうわ！ だから捕まえなくていいのよ！」

「でも、リディア様を肩に担いでいったんですよ!? 十分罰する理由はあります！」

「貴族達はお前に触ったりはしなかったのか？」

イクスとカイザから質問が止まらない。

捕まえないで！ という私の意思を尊重してくれようとは思っているみたいだけど、何もお咎めなしなのも気に入らないのだろう。

「触られてないわよ。だって私、ずっと隣の部屋にいて貴族達には会っていないもの」

本音を言うと、私だって若い娘をキャバ嬢扱いしているようなクズ貴族は殴ってやりたいわよ。自分の地位を利用して、最低だわ！

それでも彼女達は美味しい食事に満足しているし、喜んでるなら問題はない。

それに、貴族達に手を出さないのはJとの約束だ。これを守らないと、私との約束も破られてしまうかもしれないわ。

「とにかく！　この件はこれでおしまいっ!!　ねっ!!」

無理矢理話を終わらせて馬車に乗り込んだ。

二人ともまだどこか不貞腐れていたが、先ほどの『嫌いになる』発言が効いているのか渋々馬車に乗り込んできた。

よし!!　約束は守ったわよ！　J！

馬車に揺られながら、屋敷に帰る。

結局クレープ食べられなかったな……。残念。レストランで何か食べれば良かったかしら？

それにしても今日は疲れたな。早くお風呂に入ってゆっくりしたい……。

その時ふとエリックの顔が浮かんだ。

「あっ!!　今回のこと、エリックお兄様には言わないでね!?」

誘拐されたなんて知られたら、また外出禁止にされちゃうわ！　二人にしっかり口止めしておかなくちゃ。

エリックという名を聞いて、カイザとイクスの顔が真っ青になった。

「……言うわけないだろ。そんなのバレたら俺のほうがヤバい……」

「エリック様に知られたら……」

二人の顔色がどんどん悪くなる。

どうしたのかしら？　そんなに怯えること??

よくわからないけど、とにかく二人からエリックに話すことはなさそうね。それならいいんだけど……。

気づけばいつの間にか屋敷に到着していた。イクスが一番に馬車から降りようとして、ピタリと動きが止まった。

「……？　イクス？　降りないの？」

「エ、エリック様……」

「!?」

イクスの言葉を聞き、外を見ると……馬車の前に無表情で佇むエリックがいた。

睨まれているわけではないのだが、イクスは蛇に睨まれた蛙のように固まっている。それは私の前に座るカイザも同じだった。微かに震えているような気もする。

なぜ二人が怯えているのか……その気持ちはわかる。

だって、私だってなんか怖いもん!!　エリックから漂ってくる黒いオーラが怖い!!

「何しているんだ？　三人とも、早く降りてきなさい」

エリックの声はあくまで冷静で落ち着いているけど、いつもよりだいぶ低くないですかね!?　どう見ても怒っていらっしゃいますよね。はい。

私達は黙ったまま馬車から降りて、エリックの前に並ぶ。

何よこの状況!?　学校か!?　先生に叱られてる生徒かよ!!

「リディアが誘拐されたというのは本当か？」

知ってるしーーー！！！　なんで知ってるの!?

ちょっと！　誰か否定してよ……ってカイザもイクスも真っ青な顔でうつむいちゃってるし!!　それじゃ肯定してるようなものじゃない！

でも……。

チラッとエリックの顔を見る。凍りついたような表情のまま、私達を見ている。

うん。無理だ。ウソついてもすぐバレるな、これ。きっと二人も同じ考えだから黙っているんだろう。ここは正直に謝るのが一番じゃない？

「ごめんなさいっ！　エリックお兄様！　でも、普通の誘拐ではないのです！　平民の娘達もみんな楽しみにしてるくらいの『兎のジャック』っていう……」

「リディア」

「は、はい!?」

エリックは私の説明を途中で止めて、こちらを見た。私を見つめる瞳にはもう怖さは感じない。

「どこも怪我はないのか？」

「は、はい……」

エリックは少し切なそうな顔をして、私の頬をなでた。

誰から聞いたのかは知らないが、きっとすごく心配していたんだわ……。内緒にしようとしてたことに少し罪悪感……。

「心配かけてごめんなさい」

「お前が無事で良かった」

エリックはいつものように、私の頭をポンと軽く叩いた。

良かった……もう怒ってはいないみたい。

そう安心したのも束の間。エリックからは再度黒いオーラが出て、カイザとイクスに向かった。

「それで？　お前達は一体何をしていたんだ？」

カイザとイクスがビクッと身体を震わせる。わざとらしく明るい調子でカイザが答えた。

「いや！　その……平民達の間で、絶対安全って言われているウサギ仮面だったから……」

「相手は関係ない」

ピシャリとぶった斬られて、カイザが黙った。イクスに至っては、ずっと無言で何かを覚悟してしているような顔だ。

「相手が安全とかの話ではない。リディアが誘拐されたことが問題なのだ。お前達はなんのために付いていたんだ？　なぁ？」

ひ、ひぃぃーーーー!!　怒られてるのは私じゃないけど、私まで震えるほどこわいっ!!　まるでエリックの周りに吹雪が吹いているようだわ!!　漫画だったら絶対吹いてる!!

チラッとエリックが私を見た。

「リディアはもう部屋に戻って休みなさい。……お前達二人は俺の部屋に来るように」

「……はい」

三人ともそれしか言えない。私達は無言のまま屋敷の中に入っていった。

カイザとイクスは、まるで死刑宣告を受けにいく囚人のような顔をしてエリックの部屋へ向かった。

……ファイト!! 心の中で応援しておくわね!!

二人を見送り、私は一人自分の部屋へ戻った。

七章
サラの疑い

episode.07

Akuyakureeijyo ni tensei shitahazuga shujinkou yorimo dekiai sareteru mitaidesu

「本日、サラ様がいらっしゃるそうですよ」

ぶほっ!!

突然のメイの言葉に、飲んでいた紅茶を吹き出しそうになった。いや。少し吹き出していたかもしれない。

晴れ渡った澄んだ青空。心地よい風。暖かな陽気の中、テラスでのんびりお茶をしていたところへの爆弾発言だった。

せっかくの幸せ気分が一瞬で台無しだ。

「サ、サラ様が!?　なんで!?」

「あの後もずっとエリック様にお会いしたいと打診されていらしたので……。とうとうエリック様が許可されたみたいです。午後いらっしゃるそうですよ」

メイはどこか不機嫌そうだった。サラが私へ嫌疑をかけたことを、まだ怒っているのだろう。

私だって会いたくない。

小説の中ではまだあまり会ってはいない時期のはずなのに、なぜここまでエリックに会いたがるのかしら？　ただ会いたいだけ？

エリックはかなりのイケメンだし、その気持ちもわからなくもないけど。

まさか……結婚を早めようとしているとかでは……ないわよね？

その時後ろからイクスの声がした。

「サラ様がいらっしゃるのですか？」

「あ、イクス。帰ってきたのね」

イクスとカイザは、私を守れなかった罰として毎朝王宮騎士団の強化訓練に参加させられている。とても厳しく地獄のような訓練だと聞いているが、毎日ボロボロになって帰って来るイクスはどこか嬉しそうだった。どうやら、少しでも強くなれるのが嬉しいらしい。

男って不思議だわ……。でも、ひと汗かいてきたイクスの横顔は見惚れてしまうほど素敵なのよね。

思わずうっとりとイクスを見つめていると、ふいに目が合った。見られていたことに気づいたのか、イクスが尋ねてくる。

「リディア様。逃げますか？」

「逃げ……？　あぁ……今回は部屋で大人しくしてるわよ」

前回、サラが来た時に逃亡したことを覚えているのね。そんな真顔で聞かれたら恥ずかしいじゃない！　もう！　……あ。でも、イクスはサラに会いたいのかな？

「イクス。ごめんね？　私のせいでサラ様に会えなくて……」

「……何に対して謝っているのか全くわかりませんが」

イクスはとても冷めた目で私を見ながら言った。

そうか。私がイクスの恋心に気づいていること、知らないのね。小説を読んだから全部わかってるのよ！　まぁ知られたくないみたいだから、黙っててあげるけど。

私達の会話を聞いて、メイがイクスに同情するような表情を向けていたことには気づかなかった。

午後。宣告通り、私は自分の部屋にいた。この部屋から出なければ、サラに会うこともない。

前回、無理矢理イクスとの出会いシーンを再現するために私を悪役に仕立てようとしたサラ。彼女は危険だわ！　できるだけ近寄らないようにしなきゃ。

やることもないのでソファに座って本を読む。

不思議とこの世界の文字がわかるので、そこは助かっている。まさかこの年で文字が読めないなんて言えないからね……。

でもサラのことが気になって、本の内容は全く頭に入ってこなかった。

それにしても、サラはエリックと会って何をしようとしているのかしら……。

エリックが主人公に本気で恋するのは結婚してからよ。今どれだけ会ったところで、それは変わらないはず。あのエリックが結婚を早めるとも思えないし……。

まさか、エリック以外に目的があるとか？　……イクス？

部屋にいるイクスに目をやる。イクスは窓の外を見て、サラが来るのを確認していた。

イクスとの親密度をあげようとしているとか？

でも、イクスは私の護衛騎士だもの。一人で簡単に会えないのはサラもわかってるはず。

じゃあ目的はなんなの？　本当にただエリックに会いたいだけなのかしら？

「あ！　カイザ様がお帰りになりました」

窓の外を見ていたイクスが言った。

「え？　カイザお兄様、まだ帰ってなかったの？」

「はい。カイザ様は王宮でのお仕事もございますから」

「そうなんだ……」

…………ん？　……カイザ？

「あっ！！！」

私が突然大声を出したので、イクスとメイが驚いていた。

「ど、どうしたのですか？　リディア様！」

メイが心配そうに聞いてくる。

「あ……な、なんでもないっ!!　ごめん。いきなり大きな声出して……。あはは……」

そうよ!!　カイザの存在をすっかり忘れてたわ!!　いたじゃない！　他の男が!!

サラは今日カイザと会う気なんじゃないかしら!?

「あれ？　予定よりかなり早いですね……。サラ様の馬車が来たようです」

ほらぁ!!　間違いない!!

サラってば、もしかして屋敷の近くにずっといたんじゃないかしら。カイザが帰ってきたタイミングでやって来るなんて。

きっと、カイザが最近朝から王宮に行っていることを知っていたのね。サラは今日、カイザとの出会いシーンを再現するつもりなんだわ!!

持っていた本をバタン！　と閉じて、立ち上がった。

こうしちゃいられない!!　そのシーンが上手くいくのかどうかで、私の未来もかかってくるんだから！

「ちょっと出てくるわ!!」

そう言って私はまた部屋から飛び出していく。メイもイクスも一瞬ポカンとしていたが、すぐにイクスが反応して追いかけて来た。

「リディア様……。部屋にいなくていいのですか？」

「イクス！　はぁはぁ……。カイザお兄様はどこに行ったの!?　はぁはぁ……」

全力で走ってるためすでに息切れしている私。イクスは涼しい顔で横を走っている。

「カイザ様でしたら庭の噴水の所へ向かっていましたよ。いつもそこでお昼寝していますからね」

お昼寝って……。子どもか!!

噴水目指して走りながら、頭の中では主人公とカイザの出会いがどんな話だったかを一生懸命思い出していた。

「ぜぇっぜぇっ……はぁはぁ……」

「大丈夫ですか？　リディア様」

噴水近くの建物の陰で私は息を整えていた。

いくら身体が一五歳でも、運動不足のリディアには堪えるわ……。

「ふーー……」

チラッと噴水の周りを確認すると、石のベンチで横になっているカイザが見えた。その少し離れた場所にはサラが立っている。

よし!! まだ出会っていないわね! それにしても、こうも小説の通りになるものなの……?

先ほど思い出した主人公とカイザの出会い。それはまさにこの場所。噴水の前だったのだ。

小説のカイザは左腕がほぼ動かないことに絶望し、荒れた毎日を過ごしていた。唯一落ち着ける場所が、この噴水のベンチだった。

カイザはいつも一人で虚しさと闘っていたが、ある日この大切な場所に主人公が現れる。最初は鬱陶しく思っていたカイザも、毎日会いに来てくれる主人公にだんだんと心を開いていく……。

そう。カイザの恋は時間がかかるのよね! イクスと違って一目惚れじゃないから。

だから、今日二人が会ってもすぐに恋に落ちることはないと思うんだけど……。

それよりも、サラはどうするつもりかしら!? カイザの左腕は私のおかげで無傷だし! 特に荒れ狂ってもいないカイザを、どう落とすつもりなのかしら……。

一つ言っておきますと、私がここで二人の様子を覗き見……いいえ。観察……も違うな。……見守っているのは、私の未来に関わる可能性があるからよ?

決して、ただ興味があるだけの野次馬根性でいるわけではないのよ? ウキウキわくわくなんて、していないからね?

……あっ!! サラが動き出したわ!! カイザに話しかけるつもりね!

「あれは……サラ様? なぜカイザ様のところへ……」

建物の陰から覗き見してる私の上から、ひょこっとイクスも顔を出す。

「イクスは見ないほうがいいわ！」

小さな声で言いながら、ぐいーーっとイクスを押して二人を見えないようにする。

「なぜですか？」

「だって……やっぱり嫌でしょ？　好きな人が他の男と話しているのを見るのは……」

「……それは確かに嫌ですが、今はそんな状況にはならないと思いますが」

何言ってるの!?　今！　まさに！　サラがカイザに近寄っていってるじゃないのよ！

どれだけ鈍いのかしら。

思わずため息が出てしまう。

「はぁ……。もういいわ。鈍いイクスはそのままそこに待機してて」

「……あなたにだけは鈍いとか言われたくないんですけど」

イクスが何か言っているが、私はサラに集中よ!!　もしかしたら、また私を上手く利用されて悪役の汚名を着せられちゃうかもしれないし！

サラは寝ているカイザに近づき、寝顔をじーーっと見つめている。ものすごく不気味な顔でふふふふふと笑っているようだ。

まるでストーカーね。覗き見してる私に言えたことじゃないけど。

サラの手がカイザの顔に触れようとした瞬間、カイザがサラの手を掴みガバッと起き上がった。

二人の距離はすごく近い。見つめ合う二人……。

うわぁっ!!　二人の周りにピンクの花がたくさん見えるわっ!!（空想）まさに少女漫画の姫と王子

の出会いのよう!! なぜか私まで照れちゃうわ!!

「あ、あの……カイザ様……」

サラが猫かぶりの甘い声を出す。きっと、今主人公パワーのキラキラを満遍なく降り注いでいるのだろう。

黙ったままサラを見つめていたカイザは、やっと口を動かした。

「お前、誰だ?」

ズコーーーー!! って!! 古典的なノリをやりそうになっちゃったじゃないのよ!!

知らないのかよっ!! 兄の婚約者の顔くらい覚えておけよっ!!

あーあー。サラってば目が点になっちゃってるじゃない……。

「サ、サラ・ヴィクトルでございます。エリック様の婚約者の……」

「ああ。そうか、悪かったな」

カイザは掴んでいたサラの手を離した。

さすがはカイザね!! ムードをぶち壊す天才だわ!! 先ほどまでのピンク色オーラは全て吹っ飛んでいったわ。

「……で? エリックの婚約者様が俺に何か用ですか?」

カイザは欠伸をしながら聞いた。昼寝を邪魔されて、少し不機嫌そうだ。

でもそんな不機嫌オーラに負けるようなサラではない。

「私……カイザ様を慰めたくて!」

んん⁉　何言ってんの？　な、なんかそれって……意味が……。

「は？　兄貴の婚約者のくせに、俺を誘ってんの？」

それよ‼　そういう意味に捉えちゃうわよね⁉

途端に真っ赤になって慌てるサラ。自分の言葉の意味に気づいたようだ。

「ち、違います‼　そういう意味ではなくて！　カイザ様が左腕のことで悲しんでいると思って……。

私が支えられたらって……！」

え⁉　左腕⁉　ま、まさか……サラってば……カイザが怪我していないこと知らないの⁉

「左腕？　左腕がどうかしたのか？」

わけの分からなそうなカイザ。それはそうだ。この世界では、カイザは左腕を怪我していないのだから。

そして、同じようにわけがわからなそうなのはサラも同じだった。

「え？　左腕が……ほぼ動かないのですよね……？」

「何言ってるんだ？　動くぞ。ほら」

カイザが左腕をぶんぶん振り回している。サラは口をポカンと開けてその様子を見ていた。

「ど……どうして……。ウグナ山での襲撃で、怪我をされたのではないのですか？」

「ウグナ山？　それって……リディアが敵の策謀を見抜いたやつか？」

まままままずいーーーーー！！！

「リディア様が……？」

ど、どうしよう!!　サラはウグナ山の襲撃を回避できたことを知らなかったんだわ！　それを見抜いたのがリディアだなんて言ったら……。

リディアも自分と同じ転生者だって気づかれちゃうじゃない!!

「イ、イクス!!」

「はい？」

振り向くと、イクスはぼーっと空を見上げていた。

なかなか会えない好きな相手がすぐ近くにいるのに、全く興味なさそうにしてるなんて……。でも今はそんなのどうでもいいわ!!

「お願い!!　私をどこかに隠して!!」

「……はい？　かくれんぼですか？」

「違うっ!!　とりあえず、サラ様に見つからない場所に隠してほしいの……」

リディアが転生者かどうか、サラが部屋に確かめにくるかもしれない。今の私はサラを上手くスルーできる自信がない。

どうやら私の切羽詰まった様子が伝わったらしい。イクスは私の手を取って、「こっち」と屋敷の中へ入っていった。

そして案内された場所は……。

「……ここ、どこ？」

そこは八畳ほどの部屋だった。ベッドと机とクローゼットしかない、とてもシンプルな部屋だ。

「俺の部屋です」

「えっ!?」

イクスの部屋!?　小説には出てこなかったけど……そうよね。部屋くらいあるわよね。当たり前か……。

わ、私、男の人の部屋に入ったの初めてだわ!!　こんなにサッパリしてるのね！

「それで、どうかしたのですか？」

「え？」

「サラ様に見つからない場所に……って」

あ。忘れてた。

そうだわ。サラに私が転生者だとバレてしまったかもしれないんだった……。でもそんなの言えるわけないじゃない……。

「んーー……。なんでもなくないけど、なんでもない」

「なんですか、それ。……というか……ベッドに座らないでくださいよ」

サラのことを考えたら憂鬱になって、思わずすぐ近くにあったベッドに腰かけていた。

でもこの部屋ソファないし、仕方なくない？　イクスってば潔癖症なのかしら。

「ダメなの？　疲れてるんだもの……」

ここは雇い主という立場を利用して甘えてみる。

もうすでに座っちゃったんだし、いいじゃない。

「……はぁ。別にいいですけど」

イクスは顔に手を当てて目を隠していた。指の隙間から見える肌が、少し赤くなっているような気がする。

そしてなぜか私から一番離れた壁にピタッとくっついて立っていた。

……なんで座らないのかしら？　他人の部屋でくつろいでる私が偉そうみたいじゃない。まぁ別にいいけど。

それより問題はサラだわ。もし、直接「転生者なの？」って聞かれたらなんて答えればいいのかしら。

「そうよ」って肯定する？

「違うわ」って否定する？

「なんのこと？」ってとぼける？

どう答えるのが一番いいんだろう……それにしても、この部屋居心地がいいわね。ポカポカ暖かいし、窓から入ってくる風は気持ちいいし、風に揺れてる葉の音にも癒されるわ。

なんだか……ちょっと……眠く……。

「……本当に信じらんねーな」

イクスの声がうっすら聞こえた気がした。

「ん……」

目が覚めると、いつもの自分のベッドにいた。外はすっかり夕焼け空だ。

……あれ？　私、いつ寝たんだろう？

メイが小走りで私のところまでやって来た。

「あ。リディア様、お目覚めになりましたか？」

「メイ……。私……？」

「突然お庭で眠ってしまったと、イクス卿が連れて来てくださったんですよ。外で寝てしまうなんて……よほど眠かったのですか？」

はっ!!　思い出した!!　私、イクスの部屋で寝ちゃったんだわ！

主人を部屋に入れたことがバレたら大変だから、庭で寝たってウソついたのね!?

「そ、そうなの。暖かくて気持ち良くて……」

でも、庭で寝たなんて……とんだお転婆娘みたいじゃない。もっとマシな言い訳はなかったのかしら。

「でも良かったですよ！　お部屋にいなくて。あの後サラ様がずっとリディア様のことを捜していたんですよ」

「えぇっ!?」

や、やっぱり!!　私のこと疑っているんだわ！　もぉーーーー!!　カイザの馬鹿!!

どうやらエリックとは三〇分ほど一緒にお茶をしただけで、その後はずっと私を捜していたらしい。

まぁいくら婚約者の身とはいえ、まだ他人であるサラが自由に屋敷を動き回っていいわけもなく……。すぐにエリックに帰されてしまったそうだけど。

でもあのしつこいサラのことだ。きっとまたすぐに会いたいと打診してくるに決まってるわ！

いつまでも逃げ続けるわけにいかないし……。どうしたらいいの。

「そういえば、リディア様！　来月のパーティーには何色のドレスを着ますか？」

「ドレス？　来月のパーティー？」

「王宮で開かれる、第一皇子様の生誕パーティーですよ！」

そんなものがあるのか。そういえば、この国では一〇歳、二〇歳、と節目で大きなパーティーを開く設定だったわね。

第一皇子が二〇歳か。王宮のパーティーとかすごく興味はあるけど、貴族のルールや踊りもわからないし行きたくないな。

「それ、行かなきゃダメなの……？」

「何言ってるんですか!!　リディア様は第二皇子様の婚約者なんですから、皇子様のエスコートを受けるんですよ!!　これは気合いを入れて準備しなければ！」

ぶふーーーーー!!!!　おおお皇子のエスコート!?　そうか!!　私、ルイード皇子の婚約者だった！　まだ！

ヤバいじゃん!!　踊れないとか言ってる場合じゃなくない!?　……それまでに婚約解消しちゃう？

くぅんくぅん……

あっ!!　ダメだ!!　捨てられた子犬のようなルイード皇子の姿が浮かんでくる!!　くそ!!

「……メイ。明日からダンスの練習がしたいんだけど……」

項垂れながらも、なんとか声を振り絞ってメイに伝えた。メイは目を輝かせながら頷いていた。

「かしこまりました!! アース様にお伝えしておきますね!!」

ダンスなんて……アラサー喪女だった私ができるんだろうか……。はぁ……。

サラの他にも問題が起きてしまったわ……。


「はいっ！ そこでターンですっ！」

レヴェラ先生が手をパン！ パン！ 叩きながら指導してくれている。

ダンス初心者である私の猛特訓が開始して三日が経過していた。

テレビで観ていたアイドル達の激しいダンスを見慣れていたからなのか、この世界のダンスは思っていたよりも踊りやすかった。リディアの身体に染みついた感覚もあるのかもしれないが。ただ、問題があるとすれば……。

「リディア。随分と上達したな」

「……どうも」

男性パートナー役として、エリックが名乗り出たのだ。

サラサラの金髪に透き通るような肌。整いすぎた顔にスマートな出立ちが、私の中の『王子様』像そのままのエリック。

そんなエリックと至近距離でのダンスの練習は、思った以上に心臓に悪い。

リディアにとっては兄でも、私にとってはただのイケメンリアル王子様なんだよ!! 密着してるこの距離感はヤバいって!!

エリックが執務で忙しい時には、カイザやイクスが練習相手になってくれる。誰が相手でも私の心臓に悪いことには変わりない。

こんなイケメンしかいない世界に慣れたら、もうどこにも住めなくなっちゃうわ……。

ダンスのレッスンが終わり自室へ戻ると、メイド達が集まって何やら興奮していた。何か大きな箱の周りに集まっているようだ。

メイが一番に私に気づいた。

「リディア様!! お帰りなさいませ」

他のメイド達も「お帰りなさいませ」と言いながら大きな箱から離れた。

可愛いピンクのリボンでラッピングされた箱。丸まったら私でもスッポリ入れそうなくらい、大きい。

「これは何?」

「ルイード皇子様から届いたのですよ!」

メイは何やらとても興奮している。目がキラキラと輝き、顔も赤く火照っている。

「そ、そう。開けてみてくれる?」

「はいっ!!」

メイが箱を開けた途端、メイド達から歓声が上がった。

中にはリディアの瞳と同じ、薄いブルーのドレスが入っていた。繊細な刺繍がところどころにあり、その間にはブルーの宝石が散りばめられている。

あまりの美しいドレスに、私もメイド達も見惚れてしまった。中にはドレスだけではなく、ドレスに合った宝石や靴までも揃えてある。

な、なんて素敵なの……。何度か友人の結婚式に参列したことはあるが、こんなに綺麗なドレスは今まで見たことがない。

「なんて美しいドレスなんでしょう……」

「さすがルイード皇子様ですわ……」

メイド達が口々に褒め称えている。みんな顔がうっとりしていて、まるでドレスに恋しているかのようだ。

「あっ！　リディア様。メッセージカードが入っております」

メイからカードを受け取り、ルイード皇子からのメッセージを読む。

『リディア嬢
兄の生誕パーティーでお会いできるのを楽しみにしています。
ルイード』

とてもシンプルなメッセージだけど、これまで男性から手紙など貰ったことのない私は見事に胸を撃ち抜かれてしまった。

きゃーーーーー！！！　なんなのこの感じ!!　かゆ!!　ムズ痒い!!　なんだか居た堪れなくてムズムズするー!!

無性にベッドの上で手足をバタバタさせたい衝動に襲われたが、メイド達の前なのでなんとか堪えた。

そういえば、ルイード皇子に会うのも結構久しぶりになるのね。二ヶ月ぶり……くらいかしら？　便りが何もないということは、体調の悪化などもなく元気に過ごされているのね。

婚約者として会うのは微妙だが、あの可愛らしい推しアイドルのルイード皇子に会うのは楽しみだった。

「当日はエリック様と同じ馬車で王宮へ向かうそうですよ。サラ様をお迎えには行かないそうです」

メイが紅茶とお菓子を用意しながらさらっと言った。

ダンスレッスン後で小腹の空いていた私は、クッキーを一つ摘むとそのまま口に入れながら答えた。

「へぇ～。そうなん……ぐふっ」

「きゃっ!!　リディア様!?　大丈夫ですか!?　お、お茶飲んでください!!」

メイが慌てながらカップを差し出してくる。

ゴクッ。ゴクッ。はぁーーーーー。

危ない……思わずクッキーを喉に詰まらせるところだったわ!!

「サ、サラ様を迎えに行かないって何？　サラ様も王宮に行く予定があるの…？」

私の質問に、メイは目を丸くした。

「はい。それはもちろん……。エリック様の婚約者として、エリック様と一緒に参列されるのですよ？」

なななんですってーーー!!　パーティーにはサラも参加するの!?　しかもエリックと一緒にって、なったら、距離も近いじゃない!!　まだ心の準備ができてないのにー!!

……って待てよ。サラは私の婚約者がルイード皇子だって知っているのかしら？

それに……小説の中での婚約者サイロンは、サラに一目惚れをしてリディアを捨てたわ。小説に登場しなかったルイード皇子は、サラのことを好きになるのかしら？

悪役令嬢リディアの婚約者は主人公を必ず好きになる……なんていう設定があるかもしれないわよね。そうだとしたら、ルイード皇子もサイロンみたくサラに一目惚れする可能性もあるわ。

サラとルイード皇子が出会ったら、どうなる？？

◆イクス視点

建物の陰に隠れて、カイザ様とサラ様の様子を見ていたリディア様が突然「私をどこかに隠して！」と言ってきた。

いきなり部屋から飛び出していったり、盗み見のようなことをしたり、サラ様が関わるとリディア様はいつもおかしな行動に出る。ふざけて遊んでいるだけなのかと思ってしまうこともあるが、本人はいつだって本気だ。

今も本気で焦っているようなので、自分にできる範囲で助けてあげたいとは思う。

サラ様に見つからずに隠れられる場所……どこかあるか？

サラ様もまた行動の読めない人だ。エリック様に会いに来たはずなのに、今もこうして使用人の案内もなくカイザ様のもとに来ている。

妹のリディア様ですら、カイザ様の居場所は知らなかったというのに。

この人が本気でリディア様を探そうと思ったら、案外簡単に見つけられてしまう気がする。と、なるともうあの場所しかないな。

「こっち」

俺はリディア様の手をとって屋敷の中へと入っていった。俺の部屋なら、絶対に見つからないだろう。そんな単純な気持ちで、俺は自分の部屋にリディア様を入れてしまった。

……失敗した。リディア様と二人きりになるのなんて初めてではないのに、自分の部屋となると全然違う!! 狭さもそうだが、それ以上に俺の気持ちが落ち着かない。これはダメだ。色々と危険だ。

こっちがそんな動揺を隠そうと必死に冷静を装って話しかけているというのに、

「んーー……。なんでもなくないけど、なんでもない」

と、わけのわからないことを言いながらリディア様は自然と俺のベッドに座った。

なんってこの状況でベッドに座る!? 本当にこの人何も考えてねぇ!!

「なんですか、それ。……というか、ベッドに座らないでくださいよ」

「ダメなの？　疲れてるんだもの……」

「……はぁ。別にいいですけど」

せっかくリディア様のために忠告しているというのに、何もわかっていないリディア様は少し困ったような顔でこちらを見つめてくる。……そんな風に甘えられたらダメだなんて言えるわけがない。

俺はできるだけリディア様から距離をとり、壁に背中をピタッとくっつけて立っていた。これ以上近づいたら危険だ。

リディア様はなぜサラ様から逃げたのか教えてはくれない。だが何かを考えているようだから、ふざけているわけではなさそうだ。

今も窓の外を見ながら物思いにふけって…………ん？　なんか……目が半分くらいしか開いてなくないか？　頭も少し揺れているし……もしかして、眠くなってる!?

はあぁ!?　ウソだろ!?　男の部屋に二人きりでいてしかもベッドに座ってるこの状況で、眠くなるか!?　まさか……寝たりしないよな？？　俺が心の中で葛藤している間にも、どんどんリディア様の目が細く閉じていく。そしてコテンとそのままベッドに横になり、眠ってしまった。

「……本当に信じらんねーな」

普通寝るか!?　無防備すぎるだろ!!　男の部屋で寝るなんて……って、これって俺を男として見てないっていうことなんじゃないのか？

「…………」

自分の考えに自分でダメージを受ける。

いや、信用されてるということだ。男として見てないわけではない……と思いたい。

「はぁ……」

ため息をつきながらベッドに近づき、頭側の端っこに腰をかけた。リディア様はスー……スー……と寝息をたてながらとても気持ちよさそうに眠っている。

……自分のベッドに好きな女が寝ているこの状況、普通なら喜ぶべきところなのに。正直言って色々とキツい。本当に勘弁してくれ。

「……襲ってもいいんですか？」

そんな独り言をボソッと呟きながら、そっと彼女の髪に触れた。顔にかかっていた髪を背中にまわす。

少しだけ頬に触れてしまった時、リディア様の小さな口が「ん……」とかすかに動いた。

心臓がドクンと大きく揺れる。

慌てて彼女から手を離して視線を外し、自分の頭を両手で抱えた。

ダメだ。このままではダメだ。自分の欲望に負けてしまいそうだ。こうしている今も、頭の中では悪人顔をした俺が甘い誘惑を囁いてくる。

『寝ているんだから大丈夫だ。誰にもバレない。今がチャンスだぞ』

寝込みを襲うなんて、護衛騎士として失格だ。

『こんな状況で寝てしまうということは、もしかしたら彼女も期待しているのかもしれないぞ』

そんなわけないだろ。

下心いっぱいの自分からの挑発を、理性のある自分がかわしていく。それでも理性的な自分がだんだん弱くなっているのがわかる。

『少しくらいならいいんじゃないか？』

俺はバッと勢いよく立ち上がり、早足でベッドから離れるとまた壁にピタッとくっついた。今度は背中ではなく正面を壁にくっつけている。

「落ち着け、落ち着け……」

このままここに二人でいるのは危険だ。早くリディア様を起こさなくては。

……でも待てよ。もし今起こそうとして、先ほどのような可愛い声を出されたらどうする⁉　今度こそ俺の理性が限界を迎えるかもしれない。

俺の部屋にリディア様を入れたことを知られるのはまずいから、メイを呼ぶこともできないし……。

こうなったら、裏庭で昼寝をしてしまったと言ってリディア様の部屋まで運ぶしかない！　俺のベッドではなく自分のベッドで寝てもらおう。

壁から頭を離し、チラリとリディア様を見る。まだスヤスヤと眠っていて、起きる気配はない。少し丸くなっているその姿がとても可愛い。

「……はぁぁ」

俺は今日何度目かわからない大きなため息をついた。

一刻も早くリディア様を運んでしまいたい。しまいたいのに……まだできない。

運ぶためには抱きかかえなくてはいけないからだ。つまりはかなり密着することになる。

今の俺にはまだ無理だ。

「はぁーー……。本当に勘弁してくれ」

自分の理性が完全に戻るまで、俺は壁に向かって何度もため息をついていた。

八章
王宮のパーティー

episode.08

Akuyakureeijyo ni tensei shitahazuga shujinkou yorimo dekiai sareteru mitaidesu

本日は王宮のパーティーです。

メイド達は朝から張り切って私をお風呂に入れては、身体の隅々までそれはそれは丁寧に洗ってくれています。何種類もの花びらが浮かぶ湯船からはとても良い香りがして、私の身体にも染みついてくれているみたい……。

髪の毛も念入りにトリートメントをつけてサラサラにしているし、顔にもパックを付けてお肌をぷるぷるにさせています。まるで高級エステサロンにいるような気分でございます。

……って結婚式かよ!! と言いたくなるほどの、気合いの入れよう……。

ルイード皇子のパートナーとして参列する私を、いかに美しくさせるか……メイド全員で奮闘してくれている。

ルイード皇子はずっと病弱であまりパーティーなどには顔出ししていなかったし、これがお披露目パーティーのようなものだからね。

ルイード皇子のためにも、隣に立つ私はできるだけ美しくなくちゃ！ 仮にも皇子様の婚約者という立場で注目を浴びるだろうし。

まぁリディアは元々が天使すぎる天使だから、心配はいらないけど。

髪は全て編み上げてアップスタイルだ。皇子からいただいたドレスを目立たせるため、髪は下ろさないことにした。

ドレスと一緒に届いた、ブルーの宝石がたくさん付いたティアラとネックレスはアップスタイルにした髪の毛にとても似合っていて、離れた場所からも宝石の輝きがわかるほどだ。

そこにリディアの瞳と同じ色の、薄いブルーのドレスを着たら……。

「ほぅ……。なんて美しいのでしょう……」

「まさに女神ですね……」

メイド達が涙目でそう言ってしまうほど、美しすぎる天使が出来上がった。メイド全員がうっとりとした顔をしてリディアを見つめている。

メイは泣きながらもガッツポーズをしていた。大満足の出来らしい。

そういう私自身も、鏡を見て驚いたわ。元々美しいリディアが、さらにここまで綺麗になるなんて……!! エステやメイクってすごいのね。

コンコンコン
「リディア。準備はできたか？」

エリックだ。カイザと違い、着替えている可能性がある中でいきなりドアを開けたりなどしない。

「できました」

そう答えるとエリックが部屋に入ってきた。私の姿を見て、普段ほとんど無表情のエリックの目が大きく見開いた。

「……驚いたな。とても綺麗だよ」

「ふふっ」

「そういえば、この姿で社交界に出るのは初めてだったな……。リディア、今日はルイード皇子から離れるなよ」

この姿で……社交界……？

ああ。そうか。今まではあの濃いメイク＆縦ロールで社交界に出ていたんだわ、リディアは。

同一人物だと気づかれないのでは……。ぜひみんなの記憶から昔のリディアの姿を消して、今日のリディアの姿を刻んでもらいたいものだわ。


馬車の中でエリックと向かい合わせになるように座り、王宮へと出発した。

ここ最近王宮騎士団の朝特訓に参加していたイクスは、本日は王宮の護衛として手伝いに出向いている。パーティーに参加したくないカイザも、護衛を名乗り出たそうだ。

「そういえば、サラ様を迎えに行かなくて良かったのですか？」

「ああ。少しうるさかったが……。お前を一人で行かせたくはなかったし、三人で行くものでもないからな」

エリックは窓の外を眺めながら答えた。

狭い馬車の中でエリックとサラと私の三人……想像するだけでゾッとするわね。だったら一人のほうが全然マシだわ。

サラを誘わなかったエリックには感謝しかない。

「ルイード皇子も……本当はお前を迎えに行きたいと言っていたのだが、二人で馬車に乗るのはまだちょっと厳しいそうだ」

エリックが何かを思い出したかのように、クスッと笑って言った。

「え？　どうして厳しいの？」

「……そこは察してやれ」

そんな話をしている内に、王宮へ到着したようだ。

馬車が通された場所にはやけに護衛騎士達がたくさん集まっている。イクスやカイザはいないみたいだけど……なぜこんなにも護衛騎士がいるのだろうか。

その疑問は、馬車の扉を開けた瞬間に解けた。馬車の前にルイード皇子が立っている。

「ルイード様!?」

「ようこそ。エリック、リディア嬢」

ルイード皇子が軽く紳士の挨拶をする。エリックを見ると大して驚いてない様子なので、なんとなく予想していたのだろうか。

まさか皇子様が直々に出迎えてくれるなんて……。

ルイード皇子が私にむかって手を差し出した。エスコートしてくれるのだ。

え、上手にできるかしら……。

漫画ではよく見かけるシーンだが、実際問題難しくない？　片手は皇子の手にのせて、もう片手でこの重いドレスのスカートを持ち上げて、広がったドレスのせいで全く見えない足元に注意しながら馬車から降りるのよ？　なかなかの無理ゲーじゃない？

ルイード皇子の手を取り、馬車からゆっくりと降りる。護衛騎士達からの視線がすごくて余計に緊張してしまう。

私が無事にルイード皇子の隣に立つと、周りから小さな歓声が湧き上がった。

は、恥ずかしい……!!

チラッとルイード皇子を見ると、赤く頬を染めていた皇子の顔がさらに赤くなった。

皇子も恥ずかしいのね。……というか……皇子相変わらず可愛いな!!

以前会った時よりも、身体も随分としっかりしているようだ。顔色も良く、やつれている様子もない。

宝石のようなネイビーの瞳は変わらずキラキラしていて、大きなぱっちりとした目をさらに引き立たせている。銀の入った薄いブルーの髪の毛がサラサラと揺れて、美少年度がさらに増していた。

あっ。このドレス、私の瞳の色であり皇子の髪の色でもあるのね！

皇子は、リディアのドレスに付いた宝石と同じ色の衣装を着ている。お揃いの衣装に美少年と美少女の組み合わせ。

周りから歓声が上がるのも当然ね……。

身長差もまだ五センチほどしかない、可愛らしい一六歳の皇子と一五歳のリディア。

うん。私がエキストラだったとしても、可愛いーー!! お似合いよーー!! って盛り上がってしまいそうだわ。

王族であるルイード皇子とその婚約者であるリディアは、王族専用の扉からパーティー会場へ入ることになっている。

エリックと離れ、私はその扉隣にある部屋へと通されたのですが……。

あらやだ。奥には陛下がいらっしゃるわ。この国で一番偉い方よね。

その隣にいるのが第一皇子かな？　その隣は第一皇子の婚約者様？

手前にいる少年は、もしかして第三皇子？

あらあらまああ。王族だらけの集まりね〜。うふふ〜。

……やだもう!!　帰りたい!!

え!?　何よこのキラキラの世界!?　私ここにいてもいいの!?　ねぇ!!

思わず入口で足を止めてしまった私を、ルイード皇子が心配そうに覗き込んでくる。

「リディア嬢？　どうかされましたか？」

「え？　あっ……いいえ。大丈夫ですわ。うふふ……」

もう笑って過ごすしかないわ。うふふ。とりあえず、皆様にご挨拶よね。うん。まずは陛下からだわ。

陛下の前まで進み、挨拶を交わす。貴族令嬢としてのお辞儀をすると、陛下は「これはこれは……」と小さい声で感心していた。

「久しぶりだな。リディア嬢よ。今日はまたさらに美しいな。ルイードともお似合いだ。ははは」

「ありがとうございます。陛下」

その後は第一皇子の前に歩み出た。

顔を見るのは初めてね。

第一皇子は爽やかでとても明るい雰囲気の皇子だった。

ルイード皇子と同じく銀の入った薄いブルーの髪に、男らしいキリッとした顔。可愛いルイード皇子とは全然タイプが違うが、どこか似ている気もする。

第一皇子にも挨拶&お辞儀をすると、とても嬉しそうに話しかけてきた。

「君がリディア嬢か。陛下やルイードから聞いていた通り、本当に美しいな。会いたかったよ」

「光栄でございます」

第一皇子の言葉を聞いて、隣にいるルイード皇子がまた顔を赤くしていた。まるで秘密をバラされてしまった子どものように焦っている。

「こちらは私の婚約者、ターナだ。仲良くしてくれると嬉しい」

第一皇子に婚約者と紹介されたターナ様は、笑顔で私の手を握った。何やら少し興奮しているようだ。

「はじめまして。ターナ・イグランテです。リディア様にお会いできるのをずっと楽しみにしていましたの。まぁ〜本当に、なんて可愛らしいのでしょう!」

……うちのメイド達と同じような顔をしているわ。可愛い子が好きなのかしら?

「こちらこそお会いできて嬉しいです。ターナ様。リディア・コーディアスと申します」

「そんな他人行儀はやめてくださぃ〜! 私達、義理の姉妹になるのですから」

「……まぁ。そう……です……ね。うふふ……」

そのうち婚約解消すると思いますけどねー! とは言えない雰囲気よね……。

最後は第三皇子だ。

レクイム公爵はこの子に王位継承させたかったのよね……？　本人はそんなのよくわかっていないのだろうけど。

年齢はまだ一二歳だと言っていた。日本でいったら小学六年生くらいじゃない！

第三皇子はルイード皇子と瓜二つと言っていいほどそっくりで、とても可愛い顔をしている。

成長は遅いほうなのかな？　リディアもそんなに背は高くないほうだが、まだまだリディアよりも小さそうだ。

第三皇子とバッチリ目が合ったので、にこっと天使の微笑みを返してみた。第三皇子は目を細め、毛虫を見るような目つきで私を睨んだ。

「頭悪そうな顔だな。ヘラヘラしておかしいんじゃないのか」

突然の第三皇子の発言に、部屋の空気が凍りついた。

ルイード皇子はかなり焦って、「ロイド!!」と叱っていたが無視されていた。

ほぉほぉ。なるほどなるほど。生意気なクソ餓鬼属性の皇子のようね。ルイード皇子にそっくりだから、つい同じような可愛い属性かと勘違いしてしまったわ。

やっぱり一人はいるのよね、こういう天邪鬼のようなキャラが。

きっと小さい頃からレクイム公爵に煽て上げられながら育ったのでしょう。そうよ。この子は何も悪くないわ。

だから落ち着くのよ。リディア。いくら生意気なガキが嫌いだからといって、相手は王族!!　一応皇子様なんだからね!!

「お気を悪くさせてしまったならごめんなさい。私、リディ……」

「お前なんかどうでもいいよ！　早くあっちに行け」

ぷっちーーーーん。

「ロイド!!」

ルイード皇子が怒ってくれているが、もちろん効果はなし。陛下や第一皇子はため息をついて呆れているし、ターナ様も悟りを開いたかのような顔で座っている。

誰が言っても聞かないワガママ小僧のようね。

私は腕を組んでロイド皇子の前に立った。先ほどまでの貴族令嬢をめかし込んだ時とは別人のように、顔からは笑顔が消えて見下すような視線でロイド皇子を見つめた。

ロイド皇子が一瞬怯んだような表情になったが、お構いなしだ。

「ロイド様。王族ともあろうお方が挨拶一つまともにできないとはどういうおつもりでしょうか？あなたの気分や私への好意のなさなど関係ないのです。挨拶を受けたなら挨拶で返す。こんな当たり前なこともできずに、皇子などとは名乗れませんよ！」


しーーーーーーーーーん。


……はっ!!　や、や、やっちゃったーーー!!!!

思わず!!　職場に生意気なバカ新人が入ってきた時を思い出して、つい……!!

どどどどうしよう。婚約解消はいいとしても、これって不敬罪ってやつよね!?

慌てて陛下のほうをチラッと見る。すると、陛下は大声で笑い出した。

えっ!?

それにつられて、第一皇子もターナ様も……ルイード皇子もみんな笑い出した。ターナ様なんて、目から涙まで出ている。

えっ？　えっ？　な、何？

「ははははは。よく言ってくれた、リディア嬢！　ロイド、お前の負けだな。ははは」

陛下はとても愉快そうに笑い、ロイド皇子は顔を真っ赤にして私を睨んでいる。

……なんだかロイド皇子には嫌われたけど、婚約解消にはならなそうね。残念なような安心したような、複雑な気持ちだわ。

その時、ロイド皇子が部屋から飛び出していった。

えっ!!

思わずロイド皇子を追いかける。ルイード皇子もついて来ようとしたが、手で静止した。

……これは、私が一人で行って謝ったほうがいいわよね。

廊下に出るとすぐにロイド皇子は見つかった。意外にも部屋を出てすぐの中庭に座っている。

遠くに行ってなくて良かったわ。……怒ってるわよね？

ロイド皇子は私がいることに気づいているようだったが、こちらを見ようとはしない。草の上に座り、ブチブチと草を抜いている。

あぁ……せっかくお手入れされたお庭なのに……。本当仕方ない皇子ね。

ゆっくりとロイド皇子に近づこうとしたところで、突然後ろから声をかけられた。

「リディア様!?」

この声は……!!

振り向くとそこにはサラが立っていた。目を見開きながら私を強く見つめて……いや。睨んでいる。

げっ!! こんな所でサラに会っちゃうなんて!! 皇子がすぐ近くにいるのに、いきなり転生の話なんてしてこないわよね!?

「サラ様……」

私の声を聞いて、少し離れた所に座っていたロイド皇子が振り返った。目が合ったが、すぐにプイッと横を向いただけでその場所に座ったままだ。

あーーもう! 今はロイド皇子と和解したいのにーー! なんでこんなタイミングでサラが出てくるのよ!

サラの後ろには化粧室がある。きっとそこに行っていただけで、ここで私達が会ったのは本当に偶然なのだろう。

「リディア様! あなたに聞きたいことがあったんです! あなたは、もしかして転生……」

すごい勢いで私に迫ってきたサラが、ロイド皇子の存在に気づいて口をつぐんだ。

ロイド皇子はまたしてもこちらをチラッと見ただけで、すぐに興味なさそうに顔を背けた。

興味はなさそうだけど……聞こえてはいるみたい。ここで転生の話をするわけにはいかないわ。

それはサラも同じ気持ちらしい。私をジロッと睨んだだけで、『転生』という言葉は出してこなかった。

……サラも馬鹿ではないみたいね。

それに安心してそのまま素通りしてくれることを期待したが、ダメだった。

サラは一転して明るい調子に戻り、話を続けてきた。私達の他にも人がいるので、いつもの通り猫を被ることにしたらしい。

「こちらで何をされていたのですか？　私、てっきりリディア様は帰られたのだと思っていました。エリック様とも一緒にいなかったし」

え？　なぜ帰ったと？　王族用の別室にいただけなんだけど……。エリックってば、その話はしなかったのかしら？

「まさか。なぜ帰ったなんて……」

「だって、今日はリディア様の婚約者様は来れなくなってしまったのですよね？　お一人で参加されるのは寂しいかと思いまして。てっきりお帰りになったかと……」

はあ？　婚約者が来れなくなった？

その言葉に、さすがにロイド皇子が振り返ってこちらを凝視してきた。どういうことだ!?　というオーラをひしひしと感じる。

そんなの私だって聞きたいわ!!

「あの……婚約者様ならちゃんといらしてますが……」

「まぁっ‼　まだご存知なかったの？」

サラは可哀想……というような雰囲気を出しているつもりらしいが、口元が笑っている。

コイツ女優にはなれないな。

少し嬉しそうに見えるサラは、それでもがんばって申し訳なさそうなフリして説明してきた。

「私、実は昨日お会いしたのよ。あなたの婚約者様に。……こんなこと言いにくいのですが、彼はどうやら私のことを好きになってしまったみたいでして。私が他の男と二人で参列する姿は見たくない……と言って、本日の参加を辞めてしまったのです」

ロイド皇子が口をポカーンと開けたままサラを見つめていたが、サラは気づいていないようだ。

「ごめんなさい。リディア様。私のせいで、あなたの婚約者様が来れないことになってしまって……」

サラは悲劇のヒロインに酔いしれているようだ。わざとらしい同情の声に、思わず吹き出してしまいそうになった。

きっと、サラが言っているのはサイロンのことだ。

小説の中でリディアの婚約者だった、サイロン・ダーグリヴィア。彼は主人公に一目惚れする設定だった。

サラのことを好きになってしまったという話は恐らく事実なのだろう。今日パーティーに来ないというのも、事実だろう。

だがサラは勘違いをしているのに気づいていない。今のリディアの婚約者は、サイロンではなくルイード皇子なのだ。

気づくと私のすぐ側にロイド皇子が来ていた。ものすごく怪しい人物を見るような目つきでサラを見ている。

「おい。リディア。なんなんだ？　この女は。一体どうしてこんなふざけたことを言っているんだ？」

突然この女呼ばわりされたサラは、眉をピクッと痙攣させながらロイド皇子を見た。そしてロイド皇子の胸元に輝く王家の紋章を見て、慌ててお辞儀をした。

「もういい。すぐに去れ」

「は、はい。失礼致します」

サラは私を見ることもないままその場を去っていった。

離れていくサラを睨んでいたロイド皇子は、ハッとしたような顔をすると私に向き直った。

「い、今のは!!　むこうの態度が悪かったから……」

慌てて何か言い訳をしている。

あぁ。さっき私が「きちんと挨拶を返せ」って言ったから、気にしているのね。意外にも反省してくれていたのかしら？

思わずふふっと笑ってしまうと、ロイド皇子の顔は真っ赤になった。ルイード皇子にそっくりだ。

「大丈夫ですよ。わかっています」

ロイド皇子は安心した様子で、私に尋ねてきた。

「それよりも今の話はなんだ？　あの女には虚言癖があるのか？　ルイード兄さんがあの女を好きになるなんてあり得ないし……。まさか、お前は他にも婚約者がいるのか？」

疑っているような目だ。

「いるわけないじゃないですか!!」

「じゃあなぜ何も言い返さなかったんだ？」

「言い返そうとしたらロイド様が出てきたんじゃないですか」

先ほどのやり取りを思い出したらしいロイド皇子は、少し気まずそうに小さく「そうか……」と言っていた。

あれ？　なんか……普通に話せてる？　生意気な皇子が、少しだけ素直になったような気がする。

「リディア嬢。ロイド。大丈夫？」

我慢できなくなったのか、ルイード皇子が捜しに来てくれた。ロイド皇子は少し照れ臭そうに頷くと、走って部屋へと戻っていった。

ルイード皇子は私を見てにっこりと笑った。

あぁ……眩しい。アイドルスマイル一〇〇%って感じね。中庭で見ると爽やかさも一〇〇%だわ。

それにしても、あの場にルイード皇子がいなくて本当に良かった。思い込みでサイロンの話をされるなんて、想像もしていなかったわ。色々面倒なことになるところだったわね……。

私もルイード皇子に促されて部屋へと戻った。

皇子と一緒にパーティー会場に現れた私を見たら、サラは一体どんな反応をするのかしら……。

パーティーが始まったらしい。会場からは明るくテンポの良い生演奏が聞こえてきた。人の話し声も聞こえてくるが、何を言っているのかまではわからない。

主役である第一皇子とターナ様、陛下は最後に入場するため、私とルイード皇子が先に会場へ行くことになった。

ロイド皇子も陛下と同じタイミングで入るそうだ。

ずっと病弱だったルイード皇子は、あまり人前に出たことがない。パーティーなどに参加してもいつも短時間しかいれなかったため、話をしたことのある人は少ないそうだ。そんな幻の皇子様が婚約者と共に入場なんてしてしたら貴族の方々の注目の的になるだろう。

第二皇子の婚約者が侯爵令嬢なんて……と批判する声もあるでしょうね。私は婚約解消するつもりなので安心してください！　なんて、さすがに言えないしなぁ。上の貴族達の批判は黙って聞いてるしかないかな。

ルイード皇子も、改めて私では皇子に相応しくないという事実を実感されるでしょう。

まぁ今日はルイード皇子のためにも、しっかりと婚約者役を演じるけどね！　私のせいで皇子の株を下げるわけにはいかないわ。皇子が今はとても元気であることも、しっかり社交界にアピールしなきゃね！

「リディア嬢。行きますか」

ルイード皇子が手を差し出してくる。

銀の入った薄いブルーの髪の毛はサラサラで、毛先まで整っている。小さな顔には大きなネイビーの瞳に綺麗な形の鼻と口……。こんなにも美しく可愛く、そして格好良い顔はなかなかお目にかかれるものじゃない。

エリックも物語の王子様そのものの見た目をしているが、やはり本物の皇子様はまた違う。優しさの中にも芯の強さがある、王家独特のオーラは一般人の私には眩しすぎるくらいだ。

皇子パワーすごいな!!　皇子様に憧れて目がハートになる女性達の気持ちがわかるわ！　『皇子』ってすごい!!

今日このルイード皇子が貴族女性の前に現れたら……どれだけの淑女が恋に落ちてしまうのだろうか。でも、それよりも……。

「ルイード様、敬語に戻っていますよ？」

「あっ……」

年も上であり皇子であるルイード様に敬語を使われると、リディアの立場が悪くなる。そのため敬語を禁止にしていたはずなのだが、しばらく会わないうちにまた敬語に戻っていた。

「私のことはリディアと呼び捨てにしてくださいませ。はい。練習です。どうぞ」

ずいっとルイード皇子に近づいて威圧させる。ルイード皇子は少し慌てた様子で一歩後ろに下がった。

「リ、リディア。ごめん。久しぶりだから……つい」

照れているルイード皇子が可愛くて、思わず表情が緩んでしまう。

照れ屋のルイード皇子に意地悪しちゃうのは、もうクセね。だって可愛いんだもの。まさか自分にこんなSッ気があったとは……。

にっこりと微笑んで、ルイード皇子の腕に手を回す。

さて！　貴族の方々……そしてサラの前に登場するとしますか！

私とルイード皇子が会場に入った途端、それまで賑やかだった話し声がピタリと止んだ。

今聞こえているのはプロの音楽家による生演奏だけだ。会場中の人々の視線を感じる。静かすぎる反応に不安を感じたその時、会場中が黄色い歓声に包まれた。

私にはわぁぁ……という声がどっと聞こえたような気がしたが、よくよく聞いていると口々にみんなが私達を褒め称えてくれていた。

「あのお方が第二皇子様⁉　なんて素敵な方なのでしょう」

「麗しいお姿のルイード皇子様……」

「婚約者のお方もとてもお綺麗なお嬢様だわ」

「なんてお美しいお二人なのかしら。お似合いだわ」

ふふふ。そうでしょう？　今日のリディアは普段の倍は美しくなってますからね！

ルイード皇子はさすがと言うべきだろうか。いつもの照れ屋はどこへやら。こんなに黄色い歓声を浴びているというのに、顔色一つ変えずに堂々とした態度のままだ。

時折にこっと爽やかに笑うものだから、女性達の悲鳴が所々で起こっていた。

まるでアイドルのコンサートね。ファンサービスがしっかりできているわ。ルイード皇子のうちわを作ったら売れるかしら？

会場を歩いて貴族の方々への挨拶をして回っていると、ふと見慣れた二人が目に入った。

エリックとサラだ。

エリックは普段通りの無表情のまま、誰か男性と会話をしていた。その隣に立っていたサラは、私とルイード皇子のことを見つめている。

まるで信じられないものを見ているかのように、サラは放心状態だった。目で見ていることと頭の中の情報が一致せず、混乱しているのだろう。

わかる。わかるわ、サラ。私だって、初めて婚約者は第二皇子だと聞かされた時にはすごく驚いたもの。

え？　サイロン？　知らないのよ。そんな人。この世界ではまだ会ってもいないわ。

サラに一目惚れして、婚約者であるリディアに冷たく当たったロクデナシ男になんか、会いたくもないけどね。

私の顔から私の考えていることがわかったのか、サラは一気に顔を赤くして睨みつけてきた。腕がプルプル震えている。

だいぶ怒ってしまったみたいね。でも私にそんな顔を向けられても困るわ。勝手に勘違いしたのはあなたでしょ！　……ん？

いつの間に会場に入って来ていたのか、第三皇子のロイド様がサラに近づいていた。

王家の紋章の付いたジャケットを着ていなかったため、周りの貴族達はロイド皇子に気づいていない。みんなルイード皇子に夢中だったから……というのもあるが。

ロイド皇子!?　サラに何を……!?

ロイド皇子はサラの近くに行き、こちらを指差した。私を差していた指は、ゆっくりと私の隣にいるルイード皇子へと移っていく。

それに合わせるように、サラの視線も私からルイード皇子へと移った。

ロイド皇子は何やら憎たらしいような笑みを浮かべながら、サラに向かって話しかけている。

その瞬間、サラは先ほどよりも顔を真っ赤にしてスタスタと会場から出て行ってしまった。

一応婚約者という立場であるエリックは、出て行くサラをチラッと横目で見ただけでまるで関心を示していなかった。何事もなかったかのように、男性との会話を再開している。

……聞こえなかったけど、ロイド皇子はサラになんて言ったのかしら？「あの人が婚約者だよ」とでも言ったのだろうか。

よくわからないが、サラがいなくなった後にべーーと舌を出していたロイド皇子。

これは見なかったことにしておこうか。

しばらくして本日の主役、第一皇子様とターナ様が入場してきた。周りからは拍手と歓声が上がっている。そのまま会場の中心まで出てきて、そこで二人は踊り始めた。一番最初のダンスは主役が踊るのが決まりだ。

みんなに見守られながらのダンスは少し恥ずかしそうだが、ターナ様も第一皇子様も笑顔で楽しそうだった。

最初のダンスが終わると、みんな続々とホールへ進んで行っては踊り始める。

サラがいなくなったことを全く気にも留めていない様子のエリックは、変わらずどこかの男性と話を続けていた。

サラは戻ってこないのかな……？

扉のほうに視線を向けた時、ふいに隣にいたルイード皇子が私の前に歩み出て手を差し出してきた。

「私と踊っていただけますか？」

ふぉおおおお。よく異世界漫画で見るシーンじゃん!! 実際に皇子様にされるとヤバいな！ 胸がキュンキュンしちゃいます！

「よ、喜んで」

そっと皇子の手を掴むと、今日一番の笑顔をいただいてしまいました。

ぎゃーーーーーー眩しいっ！！！ 皇子オーラやべぇ!! キラキラ半端ねぇ!! なんだこの破壊力!!

しかも自然と腰に手を当ててきましたけどぉーー!? お前っ!! 意外と手が早いわね！ 純粋そうに見せかけて、実は野獣ですか!?

しかも顔も近いんですけどぉーーーー!! ヒール履いてるからそんなに身長差ないのよね！ 顔を上げたらキスしちゃいそうな距離感じゃないのよぉーーーー!!

実はプロの遊び人なの!? そうなの!?

…………って落ち着け私！！！　ダンスってそういうモノだから！！！　遊び人でも野獣でも変態でもなく、これが普通なのよ!!　落ち着け!!

「リディア？　どうかした……？」

踊りながら、ルイード皇子が心配そうに声をかけてくれた。

きっと私の挙動不審な様子が出ていたんだわ。……でもね、そのイケボで耳元で囁くのはやめてっ!!

「ふーー……。いえ。なんでもないです」

なんとか笑顔を作ってそう答えた。

まさか、あなたのことを手慣れたプロの遊び人だと思ってしまったなんて、口が裂けても言えない。


無事に踊り終わり、ほっと一息ついた時……。

ルイード皇子が私の右手を優しく持ち、その甲にキスをした。皇子の唇が甲から離れ、上目遣いのルイード皇子と目が合う。

彼は少し照れくさそうに頬を染めて、にこっと微笑んだ。

はい！！！　死ぬ！！！

なんだぁぁーーーーその笑顔はぁぁーーーー!!　マジモンの天使かよ!!

手に!!　手にキスされましたぁぁーーーー!!　ヤバいヤバい!!　手の甲にルイード皇子の柔らかい唇の感触がしっかり残ってるーー!!

これはアレですよね⁉　上から私が唇を重ねて「間接キスー」なんてノリでしていいやつじゃないですよね⁉

それをしたら変態ですか⁉　ダメですか⁉　だって推しアイドルがキスしてくれたんですよーー‼

はぁはぁ。いけない、興奮してはダメよリディア。ルイード皇子に引かれてしまうわ。

それによく見て周りを‼

距離が近く、何やらいい感じの雰囲気を出していたらしい私達に、貴族令嬢達からの視線が集まっていた。

みんな目を輝かせながら、少し興奮した様子でこちらをチラチラ見ている。中にはルイード皇子と踊りたくて、皇子の近くで列を作っている令嬢達もいた。

これは……私が離れた途端に囲まれちゃいそうね。ルイード皇子にとっては初めてとも言える社交界の場だし、きちんと色々な方とお知り合いになっておくべきだわ。

私はダンスの終わりを告げるお辞儀をして、ルイード皇子から離れた。皇子が何か言いかけていたが、すぐに近くにいた令嬢達に囲まれてしまっていた。

がんばれ‼　ルイード皇子‼　できることなら、新しい婚約者候補の方を見つけてくださいね。

皇子は可愛くて好きだけど、やっぱり王族との結婚なんて私には無理だわ。

九章
女達の争い

episode.09

Akuyakureeijyo ni tensei shitahazuga shujinkou yorimo dekiai sareteru mitaidesu

喉が渇いたので、何か飲み物を……とキョロキョロしていると、いつの間にか私も男性に囲まれていた。

「リディア嬢。次は私と踊ってくれませんか」

「ぜひ私とも」

えっ……。

紳士的な振る舞いの中に、どこかギラギラとした肉食のオーラを感じてつい怯んでしまう。けれど気づけばすぐ後ろも囲まれていて、逃げられない状況になっていた。

やだ!! なんかこの男達怖いんですけど!! 絶対に手とか握りたくないわっ！

でもどうやって抜け出せばいいの!?

「俺の妹に何か用ですか？」

その時、後ろからエリックの声がした。

カイザとイクスを怯えさせたあのフェスティバルの日のように、無表情エリックからは何かとてつもないオーラを感じる。

私を囲っていた貴族の男性達も、みんな顔を真っ青にして笑顔で去っていった。

「エリックお兄様」

「リディア。ルイード皇子から離れるなと言っただろ」

エリックは少し怒っている様子だ。今もまだ周りにいる数人の貴族男性に向けて、鋭い視線を送り続けている。

「ごめんなさい。喉が渇いて……」

「それならここではなく、令嬢の控え室を利用するといい。椅子や飲み物、軽食が用意されているはずだ。男性は入れないから安心しろ」

おお!! そんな場所があるのね!!

エリックが近くにいた王宮のメイドを呼び、案内を頼んでくれた。控え室にも一応格式があるらしく、私は侯爵家令嬢としての控え室へ案内された。

ふーー……しばらくはここで休んでいようっと。

部屋には座り心地の良さそうなソファが並び、テーブルにはクッキーや小さいケーキが置いてある。小さな鈴を鳴らせば、専属のメイドが紅茶を用意してくれるらしい。

ルンルン気分で一番大きなソファに座った。

ふかっ……。

とても気持ちいい。

あーー私、もう今日はパーティーのラストまでずっとここにいたいわぁ～!!

その時、部屋の入口からは死角になっていたソファに……サラが座っているのが見えた。

…………ん?

サラも私を見て固まっている。

…………えーーーーと。先ほどの発言、撤回してもよろしいでしょうか? 私、今すぐにこの部屋から出たいです。

この部屋担当のメイドは、私に紅茶を淹れた後さっさといなくなってしまいました。

部屋に二人きりです。無言です。でもサラからの視線をヒシヒシと感じます。

なんだこの空気。帰っていいですか？

ガタン!!

その時、突然サラが立ち上がった。無言でうつむいたままスタスタとこちらへやって来て、私の目の前にどすっ！　と腰を下ろした。


しーーーーーーーん。


あーーもう、なんなのよーー。来るなら何か言ってよ!!　無言で座ってるなら来るなよ!!　耐えきれないよこの空気ーー。

その時サラが静かに口を開いた。顔はうつむいたままだ。

「……ねぇ。あなたも転生者なんでしょ？」

おおっと！　直球きたーーーー。いきなり核心からついてくるのね！

でもね。私もこの質問をされたらどうするか、ちゃんと考えておきましたとも。

「転生者……？　なんのことでしょう……？」

そう!!　私、知らないフリすることにしました！　たとえバレバレだとしても、絶対に認めない。

だってお互い転生者だってわかってたら、なんだか気まずいじゃない。私の処刑エンドを回避するための協力者になってくれそうな雰囲気でもないし。

だったら知らないフリしているのが一番良い気がするわ。

私が知らないフリをしたので、サラが顔を上げて思いっきり睨んできた。

「とぼけるのはやめて!! もう知ってるんだから！」

今まで見たことのない、素のサラだ。どうやら、私以外誰もいないこの部屋で猫を被ることはしないらしい。

令嬢風の話し方もやめたのね。でも、私はあくまでもリディアとして対応するわよ！

「さぁ。なんのお話だか……」

「ウグナ山のことよ！ 小説を読んで知っていたんでしょ!? それでカイザ様を救ったのね！」

「ウグナ山のことは、突然神様の声が聞こえてきただけです」

「嘘つき!! リディアにそんな聖女のような力はないはずよ！ それに……それに……なんで婚約者が皇子様なのよ!?」

え？ そこ？ 私がカイザの左腕怪我フラグを折ったことを怒っているんじゃなくて、リディアの婚約者が皇子であることが気に入らないの？？

「ルイード皇子様とは昔から婚約していましたが」

私の言葉を聞いて、サラはまた何か言いかけようとしたが急に力なく項垂れた。

「そんなはず……そんなはずない。悪役令嬢リディアの婚約者はサイロンだったわ。……ルイード皇子様なんて知らないわよ」

とても低い声で独り言のように喋っている。

何やらすごくショックを受けているようだけど……ちょっとおかしくない？

私の婚約者が誰だったとしても、サラには関係ないじゃない。サラはどちらにしろエリックと結婚するんだもの。なぜこんなに落ち込む必要があるの？

「あの……サラ様？　私の婚約者がルイード皇子様であろうと誰であろうと、サラ様とエリックお兄様の結婚には関係ありませんわ」

サラは私の言葉を聞いて、ピクリと反応した。口を両手で覆い、少しブルブル震え出した。

「関係ない……？　この小説の主人公はこの私よ。私が誰よりも一番幸せで羨ましがられる存在でないといけないのよ」

真っ青な顔でブツブツと何か言い出した!!　何!?　こわっ!!

私のことを見てもいない。どうやら一人の世界に入り込んでいるようだ。

とりあえず黙ったままサラの言葉に耳を傾けてみる。

「エリック様は確かに美しく聡明で完璧だわ。でも侯爵家よ……。それに比べて、悪役令嬢の婚約者が皇子様ですって？　しかもあんなに美少年だなんて、そんなのずるいわ。一番目立つのはこの私なのに。なぜ悪役令嬢のほうが目立ってるわけ？」

ブツブツ……

「この小説の男達はみんな私を好きにならなきゃいけないのよ。私が主人公なのよ。みんなからチヤホヤされていい男に囲まれながら幸せに暮らせると思っていたのに……。一体どうなってるのよ

「……」

ブツブツ……

サラの独り言は止まらない。

あのーーー。全部声に出してますけど?

でもそうか。うん。わかった。サラが主人公ポジに期待を乗せすぎたただの拗らせ女だということがね。

自分が主人公として一番幸せになりたい。自分より幸せポジの女は許せないってことなのね。

…………ってただのクズじゃねーーか!!

なんっだそれ!! ふざけんなよ!? リディアにだって幸せになる権利はあるわ!!

「あの!! サラ様。何をそんなにこだわっているのかわかりませんが、私だって幸せになる権利はあります。サラ様だって、エリックお兄様と結婚できるだけで十分幸せでしょ!? それ以上何を……」

少し強気に発言してみたのだが、どうやらサラの地雷スイッチを押してしまったらしい。

サラは私の言葉を聞いて、一瞬目を見開いたかと思ったら、すーー……と静かに立ち上がった。顔面蒼白、据わった目で私を上から見下ろしている。

こわぁっ!! な、な、何!? 顔がイッちゃってますけど!?

サラの無の表情に、ぶわっと鳥肌が立ちガクガク震えてしまう。

これヤバイ人の顔だ!! 犯罪者の顔だわ!! 小娘一人くらい簡単に殺せそうな顔だわ!!

サラは感情を押し殺したように小さく低い声で話し始めた。

「私にも幸せになる権利があるですって……？」

「……え？」

「なぜ悪役令嬢のあなたが主人公の私よりも美しいのよ……。そんな設定なかったはずなのに。元々の顔が美人？　そんなのズルくない？」

「え？　え？」

「それに、なんでお兄さん達があなたのことを大切にしているの？　嫌われていたはずでしょ。どうして主人公の私よりも、悪役令嬢の妹を優先させるのよ。おかしいでしょ？」

「え？　え？」

サラは据わった目で私を凝視しながら淡々と話している。

私は肉食動物に狙われた小動物のように、その場から逃げることもできずに震えているだけだ。

「それもこれも……全部あなたが悪いのよ。あなたはわざと美少女であることを表に出したり、私より先にエリック様やカイザ様に会ってうまく自分が好かれるように誘導したりしたんでしょ？」

サラの言葉はだんだんと力強く、大きくなっていく。こぶしを作っている手は、怒りでプルプルと震えていた。

「あなたは自分だけ幸せになろうとしてるじゃない!!　姑息な手を使って!!　卑怯だわ!!　そのくせ『私だって幸せになる権利がある』ですって!?　主人公である私の幸せを奪っておいて!!　よくもそんなことが言えるわね!!　この悪魔!!」

大声で叫んだサラは、息切れをしながらもまだ私を睨んでいた。

はぁ……はぁ……というサラの声だけが静かな部屋で聞こえている。

あ……悪魔？　悪役令嬢を通り越して、悪魔にされてしまったわ。

サラの言っていることはただの被害妄想であり、勝手な思い込みだ。

そもそも今は小説の始まりより二年も前なのよ？　今はまだサラは主人公ではない。すでに主人公パワーなる華やかオーラは出せるみたいだけど……。

何を勘違いしているのか知らないが、上手くいかないことや不満を全部私にぶつけられたって困る！　小説のストーリーが始まる二年後、どうなってしまうのか不安なのは私だって同じなんだから!!　私なんて、下手したら処刑エンドなんだからね!?

多数の男達にチヤホヤされないくらい、なんだって言うのよ!!　処刑エンドよりはマシでしょうが!!

サラからの攻撃は知らんぷりで流すつもりだったけど、あまりにも自分勝手な発言をしてくるサラに私も怒りが出てしまった。

ガタンッ
私もソファから立ち上がり、腕を組んでサラと向き合う。サラは一瞬ビクッと反応したが、すぐに臨戦態勢に入ったようだ。負けじと両手を腰に当てて、あごを上げて挑発するような姿勢になった。

…………ちょっと待て。なんだこの状況。昔の漫画にある、ライバル同士の戦い場面かよ。やばい。冷静になると、このポーズで向き合ってるのが恥ずかしくなってきたわ。……早いところ終わりにしてしまおう。

自分達のあまりにも間抜けな姿を客観的に見てしまい、盛り上がっていた怒りボルテージがグンと下がってしまった。けれど一応リディアっぽく対応しなければ。

「サラ様！　お言葉が過ぎますわよ！　突然悪魔呼ばわりされるなんて、失礼すぎますわ！」

「何よ！　そんな言い方しちゃって！　いい加減認めなさいよ！　転生者なんでしょ⁉」

「だからなんのことだかわからないと言っているじゃないですか！」

サラはピシッと私を指差してまさに悪役の決めポーズを取る。

一体どっちが悪役令嬢なんだか。

「言っておきますけどね！　私はまだ諦めていないんだからねっ！　絶対にあなたからイケメン達を奪ってみせるから！」

わーーーー。ハッキリ言いましたよ〜。イケメンを奪うって。

やっぱりただ顔の良い男に溺愛ハーレムされたかっただけじゃないのよ‼　そんな邪な願望で処刑エンドを迎えさせられたら、たまったもんじゃないわ‼

「いい加減に……」

そう言いかけた時、部屋の扉がノックされた。

コンコンコン

「……リディア？」

「‼　……ルイード様⁉」

カチャ……とゆっくり扉が開き、ルイード皇子が恐る恐る顔を出した。

「何か言い争っている声が聞こえたけど、大丈夫？」

ルイード皇子はチラッとサラを横目で見て、私のもとへ歩いてきた。

サラを見るとすでに猫を三匹は被ったらしく、腰に当てていた手は可愛らしく自分の口元に添えられていた。上目遣いにルイード皇子を見つめている。

早っ!!　……なんという変わり身の早さなの。

先ほどまで怒鳴り散らしていた令嬢の面影は、もうそこにはなかった。儚げでか弱い令嬢が立っているだけだ。

サラはすぐにルイード皇子へ令嬢としての挨拶をした。その辺の礼儀はしっかり身につけているらしい。

「はじめまして。ルイード皇子様。私サラ・ヴィクトルと申します」

サラは得意の主人公パワーを使い、周りに華やかなオーラを出していた。

誰？　と聞きたくなるほどの豹変ぶりだわ。まるで別人ね。

ルイード皇子は、サラの華やかオーラが効いていないらしく至極冷静にサラを見ている。悲惨な事件を伝えているニュース番組を観ているような、なんとも言えない表情だ。

そういえば、ルイード皇子はサラのことをどう思うのかしら？

この顔からして一目惚れ……はしていない感じだけど、イクスの例もあるしよくわからないわ。ルイード皇子もサイロンみたく、私よりも主人公サラのことを好きになってしまうのかしら。

小説には出てこなかった人物と主人公の関係がどうなるのかは、私にもサラにもわからない。

ただ先ほどのサラの発言を聞いてしまったからには、こんな可愛いルイード皇子をサラ溺愛ハーレムの中には入れたくないわ……。

そんなことを考えていると、ルイード皇子が口を開いた。

「はじめまして。サラ嬢」

サラへ軽く挨拶を返した後、すぐに私に話しかけた。

「リディア。お知り合いですか？」

「え？　ああ……えっと、エリックお兄様の婚約者なんです」

「ああ。そうだったのですね」

ルイード皇子は途端に笑顔になり、サラにも「よろしく」と満面の笑みで挨拶をした。主人公のサラ以上に華やかなオーラが溢れ出ている。

さすが皇子！！！

間近でルイード皇子のアイドルスマイルを見たサラは、目を輝かせて頬を赤く染めている。普段より何オクターブも高い声で「はいっ」と元気良く返事をしていた。

「ルイード皇子様も休憩なのですか？　もしよろしければ、こちらで私達と一緒にお茶でもどうですか？」

サラが気の利いた女のフリをして、皇子を誘っている。

私達って何!?　いつの間に仲良し設定!?　さっき、あなた私のこと悪魔呼ばわりしてましたよね!?

……恐ろしい子……！！！

ルイード皇子はサラの提案を笑顔で爽やかに断った。

「残念だけど、これから行くところがあるんだ。リディアも一緒に。失礼させていただくよ」

え？　私も？

そう思った時には、ルイード皇子に手を引かれて部屋の入口へと歩き出していた。

えっ！　ルイード皇子がこんな強引な行動に出るなんてめずらしい……。何かあったのかしら？

廊下へ出る直前、振り返ってサラの顔を見たが、すごく恨めしそうな目で私を見つめていた。

あ……。なんだか優越感？

「ふぅ……」

少しスッキリした気持ちを抱えて、私はサラから目を離し扉を閉めた。

控え室から出てしばらく歩いた後、ルイード皇子がため息をついた。

「ルイード様？」

「リディア……大丈夫？」

何やら悲しそうな切なそうな……そんな顔で私を見つめてくる。

ん？？　大丈夫って、何が？？　体調？　控え室で休んでいたから、体調が悪いのかと心配させちゃったのかしら？

「えーーーと、大丈夫です」

「そうか……。俺はこんなに怖い令嬢に会うのは初めてだから、まだ驚いているよ」

「え？」

……怖い令嬢？？

「実は、君達の話し声が……部屋の外にまで響いていたんだよ。内容まではよく聞こえなかったが、とにかく叫んでいる声が凄くて、近くにいたメイド達もみんな怯えていたんだ。リディアではなく、サラ嬢の声が……」

えっ⁉　外にまで聞こえていたの⁉

それもそうか。サラってば、結構大声出していたから……。

「それでリディアが心配になって慌てて中に入ったんだけど……外で聞いていた人物とはまるで別人のようになっていたから、本当に驚いたよ。……同一人物だよね？」

「そうですね」

あらら。ルイード皇子もあのサラの変わり身の早さに気づいていたのね。せっかく猫を三匹も被ったのに無駄だったわね、サラ。残念ですこと。

「女の子っていうのは、あんなにもコロっと顔を変えられるのだと思ったら……怖くて、思わず逃げてしまったよ」

ルイード皇子は先ほどのサラを思い出しているようだった。顔は真っ青になっている。

病弱であまり社交界にも出ていなかったルイード皇子は、貴族令嬢達の表と裏の顔の違いなど何も知らないんだわ。あれくらいは当たり前の世界だというのに。

ピュアすぎる‼　ピュア皇子‼　先ほどはがんばってサラの前で笑顔を作っていたのね。

あれ？　貴族令嬢といえば……皇子、先ほど囲まれていなかったっけ？　もう全員とダンスを踊り終えたのかしら？　なぜここにいるのだろう。

「……ルイード様、そういえばなぜ私のところへいらしたのですか？」

私の質問に、ルイード皇子の青かった顔はすぐに赤くなった。少し照れながらも、皇子は繋いでいた私の手をぎゅっと強く握った。

「たくさんの令嬢達と話していたら……その、無性にリディアに会いたくなったから……捜しに来たんだ」

ポツリとそう呟くルイード皇子。

何それっ！？！？　可愛いかよ!!　このピュア皇子、可愛すぎかよ！！！

私までつられて照れてしまい、そのまま私達は無言のまま会場へと戻った。……あ。休憩するの忘れた。

ルイード皇子視点

今日は兄の生誕パーティーだ。久々にリディアに会えるとあって、俺は朝から……いや、数日前からずっと落ち着かなかった。

弱い皇子と言われ続けていたが、今日は立派な姿を皆に見せたい。そして俺の婚約者としてリディアを皆に紹介したい。

リディアが以前と雰囲気が変わったことで、たくさんの男たちから言い寄られてはいないかと心配だった。今日やっと大勢の貴族の前で、リディアは俺の婚約者だと言える。……本人からは婚約解消を望まれてしまったが、それもぜひ考え直してもらわなくては。

俺とリディアが会場に入ると、たくさんの歓声に包まれた。

本当はこのような場所にはまだ慣れていなくて不安だが、そんな情けない姿をリディアに見られたくなくて必死に皇子らしい姿を取り繕っている。

通り過ぎるたびに若い男性貴族たちがリディアに熱っぽい視線を送っているが、当のリディアは全く気づいていない。

今日のリディアはさらに美しいので、男性の視線を集めてしまうのは仕方ない。俺だって馬車から降りてきたリディアを見た時にはあまりの可愛さに驚いた。

着飾ったレディに対して「綺麗です」と言うのだと教わってはいたが、とてもじゃないが面と向かって言うことはできなかった。どうしても照れてしまったのだ。

情けない……。ここにいる貴族男性は皆そんな言葉を軽々しく言えるのだろうか。

リディアを口説いている男達の姿を想像するだけで心に黒いモヤがかかる。

ジロッと睨むような視線を送るが、男たちはリディアしか見ていないため俺の威嚇には気づいていない。舐めるような目つきでリディアに釘付けになっている。

久々にリディアと会った日、俺と二人きりになったリディアを心配していた兄達たちの気持ちが今はよくわかるな……。

隣で無防備に笑顔を振りまいているリディアを見て、俺は心の中でため息をついた。

「私と踊っていただけますか？」

兄とその婚約者ターナ様の最初のダンスが終わるなり、俺はリディアの前に立ち手を差し出した。

実はこれまでダンスをまともに習ってきていなかったのだが、この日のために一生懸命練習を重ねてきている。

リディアは頬を少し赤く染めると、「よ、喜んで」と言ってそっと小さな手を俺の手に重ねた。

俺は教わった通りにリディアの腰を引き寄せてダンスを始めた……のだが。

ち、ち、近い!!　あれ!?　こ、こんなに近いものだったか!?

リディアの顔が目の前にある。その予想外の近さに、俺の心臓はドッドッドッと早鐘を打っている。

これはさすがに近すぎじゃないか!?　まるで抱きしめているみたいじゃないか！

自分がリディアを引き寄せすぎてしまったのかと焦ったが、距離感は特に間違えてはいないようだ。

相手がリディアというだけで、この近さに緊張感が増している。

ど、どうしよう。男らしくカッコよくしていたいのに、顔は真っ赤になってないか？　このうるさいくらいの心臓の音がリディアに聞こえてないか？

リディアは俺の顔を見ずに、視線を少し下に向けている。もしかしてこの近さを嫌がっているのではないか？　と不安になった。

「リディア？　どうかした？」

「いえ。なんでもないです」

俺が声をかけると、リディアはパッと笑顔でこちらを向いてそう答えた。

どうしたんだろう？　俺、何かやっちゃった？

リディアの様子はどこかおかしかったがそれ以上は聞けない。

そんなことをしているうちに、ダンスが終わりに近づく。気づけば自分たちの周りに若い男性が集まってきていた。おそらくリディアと踊りたくて待機しているのだろう。

他の男と踊るな……などと心の狭いことは言えない。

でも彼らに少しでも牽制したくて、俺はダンスが終わったあとに勇気を出してリディアの手にキスをした。恥ずかしかったが、それ以上に周りに見せつけたい気持ちが強かったのでがんばった。

……思わず彼女の許可もとらずにキスしてしまったが、怒っていたらどうしよう？

恐る恐るリディアを見ると、いつも余裕そうな彼女の顔が赤くなっていた。少しでも意識してくれたのかと嬉しくなって、つい笑顔になってしまう。

できることならこの手を離したくない。

しかしリディアは笑顔でお辞儀をするなりあっさりと俺から離れてしまった。

「リディ……」

呼び止めようとしたその瞬間、いつの間に集まっていたのかたくさんの令嬢たちに周りを囲まれてしまう。

「ルイード様！　お初にお目にかかります。私は……」

「はじめまして、ルイード様。シュラベル公爵家の長女の……」

「ルイード様！　ぜひ次は私とダンスを……」

「いえ!!　私のが先に並んでいましてよ！」

一斉にキャンキャンと喚き立てられて、誰が何を言っているのか全くわからない。

「えっと……あの……」

チラリとリディアを見ると、リディアも同じように男性に囲まれていた。困っているリディアの顔が見えてすぐに助けに行こうとしたが、エリックが現れてあっという間に男たちを撒いていた。

ほっ……。良かった。

エリックはリディアと少し会話をしたあとにメイドを呼び、リディアをどこかへ案内させていた。向かった方向からして、おそらく令嬢専用の休憩室に連れていったのだろう。

そこならば男性が寄ってくる心配もない。俺はエリックに感謝した。

「ルイード様。はじめまして。私、マレアージュ・フランシスです」

リディアに視線を向けていた俺がハッと気づくと、目の前には一人の令嬢が立っていた。化粧が濃く、怒っているようなキツい顔をした令嬢だ。

彼女がこわいのか、先ほどまで俺の近くに集まっていた令嬢たちは彼女よりも一歩下がった位置に立っている。フランシス家といえば昔からある有名な公爵家だから、という理由もあるのかもしれない。

「はじめまして、マレアージュ嬢」

「婚約する予定だったルイード様とこうしてお話ができて、とても嬉しいですわ」

「え？　……婚約する予定だった？」

挨拶してすぐの会話とは思えない。マレアージュ嬢は呆気に取られている俺に向かって、笑顔で会話を続けた。

「はい。私たち、本当は婚約する予定だったのですよ。一度なかったことになってしまいましたが、またそのお話が復活するかもと思うととても楽しみですわ」

意味ありげに笑うマレアージュ嬢の話を聞いて、俺は背筋がゾッとした。

この話が本当だとしたら、婚約が取りやめになった理由は間違いなく自分の体調によるものだろう。回復したからと、すぐにまた婚約の話を進めようとするなんて冗談ではない。

それに今はリディアと（一応）婚約しているし、彼女以外と結婚したいとも思わない。

「……今、俺にはリディアという婚約者がいるから、その話が復活することはないだろうね」

「あら。彼女は侯爵家ですもの。ルイード様には相応しくありませんわ」

拒否のつもりで言ったのだが、伝わっていないらしい。

さらにはリディアを下に見るような言い方をしたため、俺の中でマレアージュ嬢の印象は最悪になった。その後ろでうんうんと同意している令嬢たちにもムッとしてしまう。

そんな俺の不機嫌さに気づいていないのか、マレアージュ嬢が俺の腕をグイッとつかんできたので慌ててその手をすり抜けた。

「申し訳ないが、一度戻らなければいけないんだ。失礼するよ」

なんとか笑顔でそう言うと、俺は足早にその場を離れた。

……疲れた。令嬢たちとの会話がこんなにも疲れるものだとは。……リディアに会いたい。

俺は自然と侯爵家令嬢専用の控室に向かって歩いていた。

◆

ルイード皇子と会場へ戻ると、今度は公爵家当主の方々に囲まれてしまった。

先ほどは令嬢達の気迫に圧倒されて、近寄れなかったみたいね。待ってました！ と言わんばかりに取り囲まれてしまったわ。

ルイード皇子には笑顔で話しかけている公爵達だが、私への視線はとても冷ややかだ。『侯爵令嬢』が皇子の婚約者であることを良く思っていないのがバレバレだ。私の目の前で、あからさまに自分の娘を勧めている人までいるくらいだ。

みんな本当に調子がいいのね！ 身体の弱い頃には、ルイード皇子に見向きもしなかったくせに！

小太りの公爵が、にやにやした気持ちの悪い笑みを浮かべながら皇子に必死に話しかけている。

「私の娘はもうすぐ一九歳なので皇子よりは少し年上ですが、幼い頃から妃教育を受けていたのでね。皇子にピッタリだと思いますよ。今は年下よりも年上の女性のが良いと言いますからね！」

小太り公爵は、見下すような目でチラッと私を見てきた。

皇子より年下の私への嫌味か!! リディアがしっかりとした教育を受けていないことも、よくご存知のようで！

頭にくるが、笑顔のままスルーした。

ルイード皇子はにこやかな顔をしているが、どこかピリピリとした空気を出している。

「いえ。私には年上の女性は合わないと思います。それに、すでにリディアという素敵な婚約者がいますから」

優しい口調だが、きっぱりと断っていた。

いつも温かいオーラが溢れているルイード皇子なのに、今はブルッと震えるほど寒く感じるのはなぜなの……？

はっきり断られたにもかかわらず、小太り公爵は諦めていない様子だ。まだにやにやした表情を顔に張り付けたまま話し続けている。

「皇子様にはそれなりのお相手が必要ですよ。リディア嬢にはうちの息子を紹介いたしましょう。もうすぐ三二歳なので歳は少し離れていますが……リディア嬢は綺麗なので息子も気に入るでしょう」

ちょっと待てーーーーーい！！！　ツッコミ所満載なんですけど!?

一五歳のリディアに三二歳の息子を紹介ですって!?　どこが少し歳が離れて……よ!!　倍以上離れてんじゃないのよ!!

しかも、息子も気に入るって何よ!?　なんでそっちが上から目線!?　たとえ公爵家の御子息だとしても、三二歳まで結婚もできずにいるような男のくせに!!

さすがにこの発言には笑顔を返せない。その時、

「サウザン公爵」

ルイード皇子から聞いたこともないような低く威圧感のある声がした。一瞬でその場の空気が凍り

つく。

えっ!? 今の、ルイード皇子の声!?

皇子の横顔を見ると、いつも宝石のように輝いているネイビーの瞳が暗く冷め切った瞳に変わっていた。私に息子を紹介しようとした小太り公爵を冷たく見つめている。

「リディアは私の婚約者です。私の前で他の男性を勧めるというのは、私に背反する行為と受け止めてもよろしいのでしょうか?」

先ほどまではまだ若いルイード皇子を舐めていた様子の小太り公爵が、途端に慌て出した。

「ま、まさか!! 気分を害されてしまったならすみません」

ペコペコと皇子にお辞儀をしている。

おぉ……。こういう場に慣れていないと思っていたけど、やっぱり皇子は生まれつき皇子なんだわ。迫力が違うわね!! こんなに可愛い顔をしているのに、立派だわ!!

でも……あまり公爵家を敵に回すのも良くないわよね。私はいないほうがいいかな……。

ルイード皇子に少し近づき、小声で声をかけた。

「ルイード様。私、令嬢達のところへ行って参りますね」

そう言って、ルイード皇子からの返事を聞く前に取り囲んでいた公爵達の間から抜け出した。

ふぅ……。キツイ空間だったなーー。抜け出せて良かった!

さて。どこへ行こうかしら?

ルイード皇子には令嬢達のところへ行くと言ったが、そんなつもりは全くなかった。なぜなら、父親同様……公爵令嬢達からの視線もかなり刺々しいものだったからだ。

私が皇子の婚約者だということを、父親以上に認めていないのだ。

侯爵家より下の貴族令嬢達は、みんなそれぞれ公爵令嬢の取り巻きをしている。ここに私の味方となる独身女性はいないだろう。

女の嫉妬ほど恐ろしいものはないからね。敵はサラだけでお腹いっぱいよ！

令嬢達に近寄らないように、バルコニーに出ることにした。

心地よい風が顔にあたり、とても気持ちがいい。バルコニーから見える王宮の庭は、手入れが行き届いていて景色も最高だ。庭には数人の騎士達が警備として並んでいるのが見えた。

そういえば、イクスやカイザはどの辺にいるのかしら？

キョロキョロと周りを見回していると、後ろから声をかけられた。

「ごきげんよう。リディア様」

丁寧な口調だが、どこか鼻につくような声色だ。

振り向くと七人ほどの令嬢が立っていた。

声をかけてきた令嬢は、一人だけ派手なドレスに宝石をたくさん付けていて、昔のリディアのように濃くキツイ顔をしていた。少し顎を上げて、口元は閉じたまま片方の口角だけが上がっている。

絵に描いたような悪役令嬢顔だわ。

他の令嬢より数歩前に出ていることから、きっと彼女が公爵令嬢で他の令嬢はその取り巻きなのだろう。

「……何か御用ですか？」

「ええ。ルイード皇子様の婚約者様が一人寂しくバルコニーに出て行くお姿が見えたので、私が話し相手になってさしあげようかと思いましたの」

派手な公爵令嬢はあくまで私のほうが上の立場よ！　という態度を崩さなかった。『婚約者様』なんて呼んではいるが、敬う気も親しくしようとする気も全くなさそうだ。

「私、マレアージュ・フランシスと申します。こんな話を突然されてもリディア様は困ってしまうかもしれませんが、一応早めにお伝えしたほうが良いかと思いまして。実は、私は本来貴方より先にルイード皇子と婚約をする予定だったのです。フランシス公爵家の長女ですから、皇子と婚約をするのは当然ですわ」

でたぁーーーー!!　いるいる!!　こういう女!!　私が元婚約者よ！　みたいな!!

マレアージュと名乗った令嬢は、私の反応を楽しむかのように挑発的に喋っている。後ろにいる令嬢達も、全員がクスクスと笑って楽しんでいるようだ。

ショックを受けるような顔でもしてほしいのかしら？　するわけないじゃない。こんなガキの挑発になんか乗らないわよ。

「あら。そうなのですね」

しれっと答えると、マレアージュはピクリと眉を動かした。

「随分と冷静なのですね。ルイード皇子の本来の婚約者が私だと知って、ショックではないのですか？　……あぁ。それとも、ただの強がりかしら？　素直でない人間は可愛くないわよ」

てゆーか、元婚約者ぶっているけど結局婚約はしていないのよね？　どうしてもそこをツッコミたい!!

「本来の婚約者と仰いますが……婚約、されていませんよね？」

笑顔でツッコんでみると、マレアージュは目を細めて反論してきた。

「私はルイード皇子との婚約を望んでいたのですが、父の反対にあってしまったのです。私の父が反対しなければ、婚約していたわ！　それに、父も今はルイード皇子との婚約を望んでくれていますの。私がお願いをすれば、すぐに動いてくださるわ。……この言葉の意味がおわかりかしら？」

マレアージュは今日一番のにやけ笑顔を披露した。

あーーはいはい。自分が動けばルイード皇子は自分と婚約して、私は捨てられるってことが言いたいのね！

ルイード皇子と婚約解消するのはヨシとしても、こんな女にルイード皇子は任せたくないわね。

「その言葉の意味ですか？　……えーーと、ルイード皇子が病弱だったから婚約するのは止めたけれど、元気になったからやっぱり婚約したい！　という都合の良い話ってことでしょうか？」

私はにっこりしながら答えた。

私の言葉を聞いて、マレアージュの顔が強張り、取り巻きの令嬢達が真っ青な顔になった。

「……貴方、公爵令嬢である私にそんな口の聞き方をしても良いと？」

「あら。私は質問されたことにお答えしただけですわ」

あくまでもニコニコしながら笑顔で答える。

取り巻きの令嬢達がかなりそわそわしているから、マレアージュは怒らせると面倒くさいタイプの令嬢のようね。早く謝って!! という雰囲気をヒシヒシと感じるわ。

それでも謝るつもりはないけどね。さっきサラに言い返せなかったストレスがまだ溜まってるのよ。

これ以上ストレスを溜めたくはないからね！

私の失礼な態度につい真顔になってしまったマレアージュだったけど、なんとか冷静さを取り戻したらしい。またあの高圧的な笑顔に戻った。さすが公爵令嬢というべきか。

「おもしろい方ですのね。リディア様って。もしかして、本当に侯爵家の分際でルイード皇子と結婚なさるおつもりなのですか？」

分際って言っちゃってるし!! 貴族特有の遠回しな嫌味攻撃はどうした!? 堂々と卑下してきたわね!!

「あら、いやですわ。私とルイード様のことは、マレアージュ様には関係のないことではありませんか。おほほ」

「……言っておきますが、私が本気でルイード皇子と婚約したいと言えば、私が選ばれるのですよ!? 今貴方が皇子の婚約者でいられるのは、私が何も動いていないからなのです。勘違いはおやめくださ い！」

またマレアージュの笑顔は消えた。案外すぐにボロを出すのね。まだまだだわ。

こちとら嫌味な上司からの攻撃をスルーするのは得意なんだから！ 笑顔キープだって簡単よ！

「では実際に皇子の婚約者になってからおっしゃってくださいますか？ まだ決まってもいないこと

でそんな強く言われましても困りますわ。どちらが勘違いか……あっ」

ヤバ!!　さすがに言いすぎたかも!!

パッと口に手を当てて言葉を止めたが、間に合わなかったらしい。

マレアージュは顔を真っ赤にしている。眉と目がつり上がって、まさに鬼の形相だ。後ろにいる令嬢達は数歩後退りしている。

やばい……かなり怒らせちゃったみたい……。

そう思った時には、目の前のマレアージュが右手を大きく振りかぶっていた。

えっ!?　ウソッ!!　叩かれる!?

ぎゅっと目を瞑ると、パァン!!　という大きな音が響いた。

いたっ!!　……くない？

痛みを覚悟した左頬からは、全く痛みを感じない。

でも確かに何かを叩いた音が聞こえたのに……。

ゆっくり目を開けて見ると、目の前にいるはずのマレアージュがいなかった。正確に言うと、私の目の前に体格の良い騎士が立っていたため、マレアージュが見えなかった。

赤褐色の長い髪を一つに縛っている騎士……。

「……カイザお兄様!?」

「大丈夫か？　リディア」

私のほうに振り向いたカイザの左頬は赤くなっている。どうやら、私の代わりにカイザが平手打ちをされたらしい。

カイザの先に見えるマレアージュは真っ青になっていて、右手を握りしめながら震えていた。

「え……英雄騎士のカイザ様……」

カイザのことを知っているみたいね。後ろにいる取り巻き令嬢達も、みんな真っ青になって慌てているわ。……というか、どこから来たの⁉　ここ、バルコニーですけど⁉

「リディア様！　大丈夫ですか？」

後ろから声がしたので振り返ると、イクスがバルコニーの柵に掴まって跨いでいるところだった。

柵の奥には高い木が見える。

……ここ、二階ですけど？　もしかして二人とも、その木を登ってここまで来たんじゃないわよね？

呆気にとられていると、カイザがマレアージュに向き直った。イクスは私の斜め前に立って、令嬢達との間の壁になってくれている。

「俺の妹に何をしようとした？」

「えっ……。あの……私……」

先ほどまでの威勢の良い態度はなくなり、今すぐにも泣きそうになっているマレアージュ。カイザのひと睨みにすっかり怯えきっている。

……なんだかここまでしたら可哀想に思えてきたわ。これじゃただの弱い者イジメじゃない。一応相手は公爵令嬢だし、この辺で止めておいたほうが良さそうね。

「カイザお兄様。もう、そのへんで……」

「……ふん！　仕方ないな。だが、もしまたリディアに何かしてみろ。たとえ公爵家の人間だろうが絶対に許さねぇからな」

カイザの物凄い迫力に、令嬢達は半泣き状態でバルコニーから出て行った。

ふぅ……。

「カイザ様。大丈夫ですか？」

「ああ。全く痛くはない。だが、あの強さでリディアを殴ろうとしたのは許せねぇな」

「確か彼女はフランシス公爵家の御令嬢かと」

「フランシス公爵家ね……」

カイザとイクスが何やらブツブツ言っている。

あまり聞かないほうが良さそうな気がするのは、二人の顔が悪巧みをしている悪人にしか見えないからだろうか。

「助けてくれてありがとう。でも……どうして二人がここに？」

私の質問に、二人がキョトンとした顔で見つめてきた。そして二人顔を合わせてから、少し気まずそうな顔で答えてくれた。

「あーー……。たまたま、な。このバルコニーの下でそのーー……休憩？　休憩してたんだよ！な！　イクス！」

「そうですね。そしたら先ほどの令嬢やリディア様の声が聞こえて……」

「それで何かヤバそうだと思って、木に登って急いで来たんだよ」

……やっぱり木に登ってきたのか。猿かよ!!

「……というか、それって休憩ではなくてサボっていたのですね？」

私の質問に、カイザはふいっと目を逸らした。イクスは冷静に「カイザ様に誘われたので仕方なく」とあっさりカイザを裏切っていた。

全く……。どこにも見あたらないと思ったら、この下に隠れてサボっていたのね。まぁそのおかげで平手打ちされずに済んだから良かったんだけど。

なんの迷いもなく私の前に飛び出して庇ってくれるなんて、ちょっと……いやかなり？　嬉しいかも。

「カイザお兄様。庇ってくれて、ありがとう」

改めて笑顔でお礼を言うと、カイザは嬉しそうに「おう」と答えた。

イクスは「カイザ様は動きが速すぎるんですよ……」と何やらブツブツ言っている。

私の危機に、高い木を登って助けに来てくれた。私を庇ってくれた。サラの言う通り、私は今すごく幸せなのかも。小説のリディアは、こんなに大切にされていなかった。

本当なら二年後にサラが味わうはずだった幸せを、今の私が奪ってしまったのかな……。

それは少し申し訳ないような気持ちにもなるが、ただイケメンにチヤホヤされたいだけっていうサラには賛同できない。

それって、みんなに対しての愛情とかないじゃない。

エリックが好きで結婚したいと思ってるならともかく、サラはイクスやカイザからの愛情も求めてる。二人にとっては恋してもツラくなるだけなのに、自分の幸せのためだけに……。

そんなのイクスやカイザだけでなく、エリックにも失礼な話だわ!! 義姉が浮気者だなんて、私だって絶対にイヤ!!

そんなサラにみんなからの溺愛ポジを与える必要なんてなくない!?

……ん？ ……そうだよね。別に与える必要ないよね？

今まで、サラとエリックが結婚した後のことばかり心配していたけど……結婚、させないとか……ありっ？

サラが私にとことん反抗してくるなら、私もサラとエリックの結婚を邪魔しちゃおうかな？

《了》

あとがき

はじめまして。菜々《なな》と申します。この度は『悪役令嬢に転生したはずが、主人公よりも溺愛されてるみたいです』をお読みくださり、ありがとうございました。

大好きな異世界恋愛のお話。キャラクターや設定、展開などを自分の好きなものだけ詰め込んで、自分にとっての理想の物語を書けたら楽しいだろうなぁ……。そんな思いから、ずっと読む側だった自分が初めて小説というものを書きはじめて出来上がったのがこの物語です。

人気の展開や大多数から求められている展開などは考えず、「私だったら、こうきたら次はこんな風になってほしい!! このキャラとこんなやりとりしてほしい!!」と、とにかく自分の好きな展開をイメージして楽しく書き続けました。もし読んでいく中で「私もこの設定や展開好き！」と思ってくれた方がいたら嬉しいです。

冷たいエリックが妹を溺愛しているところや、カイザのアホっぽいのにいざとなったら頼りになるところ、イクスの不憫な片想いやルイード皇子のピュア可愛いところ、Jの軽い性格が書いていてとても楽しかったです。

リディアのツッコミの多い内心や、サラの自由すぎるワガママ発言も楽しんで書いています。

「このキャラが好きです」というお声をいただくたびに喜んでいます。

そして、表紙・挿絵は茶乃ひなの先生が担当してくださいました。美少女であるリディアをはじめ、キャラクター全員イケメン設定になっているのですが、見事に全員想像通り……いえ、想像以上の素敵な姿に仕上がっております。初めてイラストや表紙を見た時には、感動して長い時間ずっと眺め続けていました。自分の大好きなキャラ達が絵になっている……！　そして美しい……!!　リディアとルイード皇子がとっても可愛い!!　イクスにエリック、カイザはカッコいい!!　そしてJのウサギの仮面姿も素敵!!　本当はそんな言葉では表せないくらいに興奮しておりました。

理想通りに描いてくださった茶乃ひなの先生、本当にありがとうございました。

この作品は第九回ネット小説大賞受賞作です。はじめて受賞の連絡をいただいた時は、信じられずに放心状態でした。書籍経験もない未熟な私の作品を選んでくださった一二三書房様には、感謝の気持ちしかありません。右も左もわからない私に優しく丁寧に指導してくださった担当編集様、本当にありがとうございました。

幸せな気持ちのままこの書籍化作業を行い、こうして一冊の本に仕上がったのも、担当編集様やこの本の制作に関わってくださった関係者の皆様のおかげです。

もちろん日々感想をくださった読者の方や、最後まで読んでくださった方々にも厚く御礼申し上げます。

リディアの物語はまだここからです。サラとエリックとの結婚を阻止できるのか、サラの暴走を止められるのか、鈍感リディアに向けられた恋の進展は……。処刑エンド回避に必死になっているリディアを、ぜひ応援していただけると嬉しいです。

菜々

唯一無二の
〜国の全てのギルドで門前払いされたから、
他国に行ってスローライフします〜
最強テイマー
1
著 赤金武蔵
Illust LLLthika
幻の魔物たちと一緒に
大冒険!!
【無能】扱いされた少年が成り上がるファンタジー冒険譚！
©Musashi Akagane

幼女無双 1
～仲間に裏切られた召喚師、魔族の幼女になって【英霊召喚】で溺愛スローライフを送る～
presented by
yocco
にもし
幼女になったけど…
英霊召喚で無双しちゃう!!
魔族の四天王や家族に溺愛されるスローライフ開幕!
©yocco

黒エルフに飼われた俺のダンジョン生活
～三食風呂と地獄つき～
原作：サイトウケンジ(FIREWORKS)
漫画：レルシー
構成：そよき
雷帝と呼ばれた最強冒険者、魔術学院に入学して一切の遠慮なく無双する
原作：五月蒼　漫画：こばしがわ
キャラクター原案：マニャ子
神域の魔法使い
～神に愛された落第生は魔法学院へ通う～
原作：ケンノジ　漫画：：/XUEFEI
キャラクター原案：乃希

コミックノヴァ
新創刊
モブ高生の俺でも
冒険者になれば
リア充になれますか？
原作：百均　漫画：ジャギ
キャラクター原案：hai
魔物を狩るなと言われた
最強ハンター、
料理ギルドに転職する
原作：延野正行　漫画：奥村浅葱
キャラクター原案：だぶ竜
COMIC
NOVA
ノヴァ
話題の作品
続々連載開始!!
https://www.123hon.com/nova/

転生貴族の異世界冒険録
～カインのやりすぎギルド日記～
原作：夜州
漫画：佐々木あかね
キャラクター原案：藻
レベル1の最強賢者
原作：木塚麻弥
漫画：かん奈
キャラクター原案：水季
ウィル様は今日も魔法で遊んでいます。
原作：綾河ららら
漫画：あきの実
キャラクター原案：ネコメガネ

神獣郷オンライン！
原作：時雨オオカミ
漫画：春千秋
仲が悪すぎる幼馴染が、
俺が5年以上ハマっている
FPSゲームのフレンド
だった件について。
原作&漫画：田中ドリル
キャラクター原案：KFR
バートレット英雄譚
原作：上谷岩清
漫画：三國大和
キャラクター原案：桧野ひなこ
コミックポルカ
COMICPOLCA
話題のコミカライズ作品を続々掲載中！
毎週金曜更新
公式サイト
https://www.123hon.com/polc
Twitter
https://twitter.com/comic_polc
コミックポルカ
検索

悪役令嬢に転生したはずが、主人公よりも溺愛されてるみたいです 1

発 行
2021 年 11 月 15 日 初版第一刷発行

著 者
菜々

発行人
長谷川 洋

発行・発売
株式会社一二三書房
〒 101-0003 東京都千代田区一ツ橋 2-4-3 光文恒産ビル
03-3265-1881

印 刷
中央精版印刷株式会社

作品の感想、ファンレターをお待ちしております。

〒 101-0003 東京都千代田区一ツ橋 2-4-3 光文恒産ビル
株式会社一二三書房
菜々 先生／茶乃ひなの 先生

Printed in japan, ISBN 978-4-89199-736-6
※本書は小説投稿サイト「小説家になろう」（http://syosetu.com/）に
掲載された作品を加筆修正し書籍化したものです。